오뚝이 인생 주재현 변호사 자전에세이

아버지요, 말똥이 왔니더

목차

3장
아버지요, 말똥이 왔니더

4장
이웃집 친구 같은 우리 동네 변호사

에필로그

프롤로그

2014년 12월 중순 서울 세종호텔에서 재경울진중·고등학교동문회 행사가 열렸다. 나는 이날 동문회에서 2015년도 재경울진중·고등학교동문회장으로 추대되었다. 전국에 흩어져 살고 있는 동문 100여 명이 모여 나의 동문회장 추대를 축하해 주었다.

그날은 유난히 추웠다. 밤 10시 쯤 행사를 마무리하고 호텔을 나서자, 일기예보에도 없던 함박눈이 온 세상을 덮고도 남을 만큼 풀풀 내리고 있었다. 친구들은 서둘러 귀갓길을 재촉했다. 삼삼오오 지하철을 타거나 승용차에 동승하여 돌아갔다. 지방에서 온 친구들은 숙소로 이동하였다. 나를 비롯한 10여 명은 어릴 때 시골에서 놀던 동심이 발동하여 그냥 헤어질 수 없다며 근처 호프집으로 향했다.

어디를 가든 손님들로 꽉 차 있어서 서너 군데 들러서 겨우 자리를 잡았다. 한껏 분위기에 취해 옛날 학창시절 이야기와 고향 이야기로 시간 가는 줄 모르고 있다가 마지막 지하철을 놓쳐 버렸다.

함박눈은 온데간데 없고, 도로는 빙판길이 되어 있었다. 차들은 엉금엉금 기어가고 빈 택시는 아예 구경하기 힘들었다. 취기는 오르고 귀는 떨어져 나갈 듯이 시렸다. 결국 각자 흩어져서 살아남기로 했다. 나는 남양주에 살고 있는 친구와 둘이서 택시를 잡기 위해 이리저리 동분서주했다. 한참을 헤매다가 구세주 같은 빈 택시를 발견하고 차를 세웠다. 의정부로 가는 택시였다. 다행히 남양주에 갈 수 있다고 하여 친구를 태워 보냈다.

혼자서 30분 넘게 택시를 찾아 거리를 헤매었더니 온 몸이 얼어붙었다. 근처에 있는 한 소주방에 들어가 술을 시켜 놓고 몸을 녹였다. 새벽 3시가 되자 영업을 종료한다고 하여 다시 거리로 나왔다. 칼바람이 너무 매서워 바람이라도 피할 생각으로 지하철 을지로 3가역 지하도로 내려갔다.

지하철 타는 입구는 모두 셔터 문이 내려져서 들어갈 수 없었다. 기둥 모퉁이마다에는 노숙자들이 빈 상자를 깔고 덮고서 잠을 자고 있었다. 소주를 마시는 사람도 보였다. 한쪽 편 기둥 모퉁이에는 노숙자 두 사람이 꼭 끌어안고 서로의 겨드랑이에 양손을 넣고 벽에 기대어 밤을 보내고 있었다. 여기저기를 두리번거리다가 노숙자 한 사람이 깔고 있는 상자의 여분이 보여 동의도 없이 슬그머니 옆에 쪼그려 앉았다. 상자에서 따뜻한 기운이 엉덩이로 전해졌다. 아, 짧은 그 순간의 행복이란 말할 수 없었다.

잠시 앉아 졸았던 것 같은데 갑자기 호루라기 소리가 지하도에 울려 퍼졌다. 시간을 보니 새벽 5시 20분 이었다. 대여섯 번의 호루라기 소리에 노숙자들은 하나 둘 잠에서 깨어나 자신의 짐을 챙기기 시작하였다. 자신이 깔고 덮었던 상자를 모두 접어서 한곳에 모으고 있었다. 이어서 어디선가 커다란 짐수레가 오더니 상자를 싣고는 몇 번에 걸쳐서 어딘가로 가져가고 있었다. 노숙자들은 두서너 명씩 자신의 짐 보따리를 이고 지고 지하철 역사를 떠나고 있었다. 여성 노숙자도 네댓 명은 될 것 같았는데 모두 보호해 주는 남성들이 있었다. 5시 30분 쯤 지하철 첫 차가 역내로 들어왔다. 얼른 지하철에 올라타서 몸을 녹였다. 잠시 졸았던 것 같은데 정신을 차려보니 사당역이었다.

생각해보니 노숙자들 사이에도 질서가 있고, 사랑이 있고, 우정이 있었다. 추운 겨울을 날 수 있도록 이불인 상자를 관리해 주고 보관해 주는 고마운 키다리 아저씨도 있었다. 그들 한 사람 한 사람 모두 말 못할 숨은 사연이 있을 것이다. 그날의 경험은 내 인생 평생 잊을 수 없는 기억으로 남아 있다.

15년이 넘는 수험생활 동안 경제적 정신적으로 상당한 어려움이 있었다. 누군가는 '그게 무슨 자랑이냐'고 말할지도 모른다. 하지만 생후 6개월부터 오기 시작한 질병과 아직 내가 누군지도 모르는 나이에 얻은 장애로 인한 육체적 고통과 정신적 아픔, 경제적 곤궁을 참아내고 오늘에 이른 나 자신에게 고맙고 대견하다고 말해주고 싶다.

'오뚝이'라는 말이 나와 어울리는지는 알 수 없다. 어쨌든 나는 오뚝이 같은 인생을 살아왔다. 앞으로도 목표를 향해 가는 길에 어떤 고난이 오더라도 좌절하지 않고 넘어지면 다시 일어나 또다시 도전하는 삶을 살 것이다. 이번에 졸저인 『아버지요, 말똥이 왔니더』를 펴내면서 장애인으로서 겪었던 모든 트라우마를 훌훌 털어버렸다.

그동안 나는 재경울진군북면민회장과 재경울진중 · 고등학교동문회장 등을 맡아 내 고향을 위한 일이라면 마다하지 않았다. 앞으로도 기회가 주어지면 내 고향 발전을 위해 더 많은 일을 하고 싶다.

2019년 12월
주재현

1장

부모는 활이고

자식은 화살이다

강원도민으로 태어나
경북도민으로 살다

경상북도 울진군은 외딴 섬이나 반도 지형이 아닌데도 철도가 지나지 않고, 고속도로도 지나지 않는 유일한 곳이다. 사람의 손길이 쉽게 닿기 어려운 곳, 다시 말해 오지(奧地)라는 얘기다. 경상북도 울진군 북면 하당리. 내가 태어난 고향이다. 울진읍내에서 12㎞, 하트해변으로 유명한 죽변항이 있는 죽변면에서 12㎞, 각각 30리 떨어져 있다. 북면사무소 소재지인 부구리에서는 20㎞ 이상, 자그마치 50리가 떨어져 있는 두메산골이다.

오지 중의 오지, 첩첩산중에서 50여 년 전 나는 신안주씨 후손인 아버지 주중원과 경주김씨 후손인 어머니 김숙낭의 3남1녀 중 장남으로 태어났다. 아래로 남동생 둘과 여동생이 하나 있다. 아버지는 2010년 돌아가시고, 어머니가 지금도 고향에서 본가를 지키고 계신다. 동생은 어머니와 함께 고향을 지키고 있는데 장남인 나는 서울에서 살고 있다.

우리 마을 하당리는 북면사무소가 있는 부구리로부터 50리 이상이나 떨어져 있다. 그래서 주민들의 생활권은 부구리가 아닌 대부분 울진읍내 또는 죽변항이다. 생활권과 행정구역이 일치하지 않으므로 해서 오는 하당리 주민들의 불편은 이만저만이 아니었다. 그러자 1967년 5월 28일 하당리에 북면하당출장소가 설치되었다. 출장소 설치로 주민들의 행정 및 민원 업무는 한결 수월해졌다. 그래도 물리적 거리는 어쩔 수 없어 50여 년이 지난 지금도 하당리 주민들의 생활권은 울진읍내 이거나 죽변항인 것은 변함이 없다.

우리 하당리에는 오늘날 파출소와 비슷한 개념인 '무기고'가 있었다. 경찰관 1명이 상주해 근무하였다. 1945년 해방이후 좌우익 대립이 극심할 당시, 빨치산 즉 무장공비들의 습격을 막기 위해 설치되었다고 한다. 그 후 30여 년을 이어오던 무기고는 1980년 무렵에 철거 되었다. 무기고 옆에는 아버지와 어머니를 비롯하여 우리 가족 모두가 졸업한 삼당초등학교(당시 삼당국민학교)가 있다. 하당리 마을 주민들 대부분이 그렇듯이 우리

1981년 아버지와 어머니, 4남매가 본가 마당에서 가족사진을 찍었다.
바로 아래 재길이가 고등학교 2학년, 여동생 복순이가 중학교 3학년, 막내 재근이가
중학교 1학년이었다(뒤쪽 맨 왼쪽이 필자).

가족 모두는 삼당초등학교 동문이다. 그래서 삼당초등학교 총 동문체육대회라도 열리는 날이면 온 가족이 참여하곤 했다.

내가 초등학교를 졸업할 때인 1974년만 해도 삼당초등학교 전교생은 400명 정도였다. 하당리, 중당리, 상당리뿐만 아니 라 두천리, 정림 3리(행정구역으로는 울진읍 소속)에 살고 있 는 아이들 대부분이 삼당초등학교에 다녔다. 1980년대로 접어 들면서 농촌인구가 도회지로 빠져나가고 아이들은 점점 줄었 다. 1980년 울진군의 총인구는 9만 명을 상회하였다. 그 중 학 생이 3만4,226명이나 되었다. 30년 후인 2010년의 울진군 인 구는 5만2,430명으로 1980년 대비 41.7%의 인구 감소를 기 록하였다. 2010년 울진군의 학생 수는 겨우 7,999명에 불과하 였다. 1980년 대비 76.6%의 학생 수 감소를 가져왔다. 장년과 노년 인구가 많은 반면 10세 미만 인구는 적었고, 청년층의 유 출로 20대 인구도 적었다.

학생 수가 점점 줄게 되면서 삼당초등학교 또한 그 여파를 피해 갈 수 없었다. 1998년 2월, 제59회 졸업식을 마지막으 로 삼당초등학교(전체 졸업생 수는 1,538명)는 부구초등학 교 삼당분교장으로 격하되었다. 그 후로도 학생 수는 계속 줄 어 2019년 현재 삼당분교장에는 재학생 3명만이 다니고 있다고 한다. 최근 곧 폐교될 예정이라는 소식을 들었다. 폐교 소식을 들으니 초등학교 추억이 송두리째 사라지는 느낌마저 들었다. 어린 시절 뛰놀던 아늑한 요람의 기억을 뭉텅 잘려버린 상실감이랄까. 사라지는 나의 학교와 소실되는 추억들. 가슴에는 우울한 멍울이 맺히는 것 같았다. 더 가슴 아픈 것은 '미래의 상실'이다. "배우고 때때로 익히면 또한 즐겁지 아니한가." 그 말을 들려줄 아이들이 점점 줄고 있다.

울진군 북면에는 내가 태어난 하당리를 비롯하여 중당리, 상당리라는 마을이 있다. 동네 어른들은 하당리를 '땅거리'로 불렀다. 어렸을 땐, '하당리라는 이름을 두고 왜 땅거리라고 부를까?' 매우 궁금했다. 그럼에도 용기를 내어 물어보진 않았다. 그때 품었던 의문은 대학교에 가서야 풀렸다. 대학교 2학년 때인가 우연히 한문으로 되어 있던 『울진군지』를 보게 되었다. 하당리란 이름의 유래는 조선후기 18세기로 올라간다.

1700년경 이 마을에 성황당(城隍堂)이 많이 세워지면서 마을 이름을 '당가리(塘街里)'라고 하였다고 한다. 그러니 '땅거리'가 아니라 '당가리'였던 것이다. 동네 어른들이 '당가리'를 된소리 '땅거리'로 더 쉽게 발음하면서 그렇게 된 거였다. 상당리는 원래 원당(元塘)이었다고 한다. 1600년경에 고씨와 추씨

2015년 설날 차례를 지낸 후, 울진 하당리 본가 처마 밑에 선 필자.

성을 가진 선비가 마을을 개척할 때, 각각 성황당을 세우고 지명을 원댕이(元塘)라 한 것에서 유래되었다. 그 후 행정구역 개편 때에 '당가리'는 '하당리'로, '원당'은 '상당리'로 바뀌고, 원당과 당가리의 중간 지점에 위치한 지역은 '중당리'로 부르면서 오늘의 상당, 중당, 하당 마을이 형성되었다.

내가 태어난 고향은 '경북 울진군 북면 하당리'라고 자연스럽게 말한다. 그런데 내가 태어날 때만 해도 행정구역은 '경북 울진군 북면 하당리'가 아닌 '강원도 울진군 북면 하당리'였다. 경북도민이 아닌 강원도민으로 태어났다.

5.16 직후 수립된 국가재건최고회의는 1962년 11월 21일, '서울특별시·도·군·구의 행정구역 변경에 관한 법률'(법률 제1172호)을 제정, 공포하였다. 이 법률에 따르면 △경상북도의 관할구역에 강원도 울진군을 편입하고 울진군 온정면 본신리를 영양군 수비면에 편입한다 △울진군 온정면의 관할구역 중 본신리를 제외한다 △강원도의 관할구역 중 울진군을 제외한다, 로 규정되어 있다. 이 법률에 의거하여 해가 바뀐 1963년 1월 1일부터 울진군은 강원도에서 경상북도로 편입되었다. '자고 일어났더니 신데렐라가 되어 있었다'가 아니라 나는 '자고 일어났더니 강원도민에서 경북도민으로 바뀌어 있는 것'이 아

닌가. 하루아침에 행정구역이 변경되면서 강원도민에서 경북 도민이 되었다. 그렇게 나는 강원도민으로 태어나 4년 정도 살다가 나의 의지와 관계없이 경북도민이 되어 살았다.

깨금발로 뛰고
외발로 자전거 타고 등하교

울진군 북면 하당리는 울진에서도 몇 손가락 안에 꼽힐 정도로 외진 산골이다. 외진 두메산골 한 동네에서 200m 남짓 떨어져 살던 아버지와 어머니는 스물도 채 안 된 나이에 양가 어른들의 중매로 결혼했다. 당시 아버지는 19살, 어머니는 18살이었다. 내가 집안의 장손이자 장남으로 태어났을 때, 우리 집에는 증조할아버지와 증조할머니, 할아버지와 할머니 그리고 삼촌들까지 모두 한집에 살았다. 부모와 조부모, 증조부모까지 4대가 같이 살았다. 삼촌들까지 포함하여 10여 명이 한집에서 사는 그야말로 대가족이었다.

내가 세상에 나온 지, 6개월 쯤 지났을 무렵이었다. 칼바람이 기승을 부리는 한겨울 어느 날이었다. 어머니는 돌도 안 지난 간난아이인 나를 등에 업고 얇은 옥양목 홑청 하나만 뒤집어씌운 채, 죽변면 꽃방이(화성리)라는 마을에 있는 아버지 외가에 갔다. 아버지 외가에 이바지(잔치)가 있어 나를 업고 간 것이었다. 마침 겨울비가 내리고 있었다고 한다. 어머니와 나는 30리 시골길을 비를 흠뻑 맞으면서 아버지 외가에 갔다. 생후 6개월밖에 되지 않은 나는 결국 추위를 이기지 못하고 독감에 걸리고 말았다.

면역력이 약할 수밖에 없는 간난쟁이라서 독감이 쉬이 떨어지지 않았다. 증조부모부터 4대가 한집에서 살고 있는 가난한 집안 형편으로 약 한 번 먹지 못하고, 병원 한 번 가지 못했다. 몇 개월 동안 감기몸살로 호되게 앓았다고 어머니가 말씀하셨다. 감기가 나은 후, 2살이 되었을 때였다. 갑자기 왼쪽무릎이 부어왔다. 나중에 알게 된 사실이지만 당시 감기 바이러스가 왼쪽 무릎관절로 침투해 관절에 결핵균이 생겼다. 감기몸살에 걸렸을 때 약을 제대로 쓰지 못한 것이 원인이었다.

초등학교에 들어갈 무렵에는 왼쪽 무릎에 고름이 차기 시작했다. 다리에서는 열이 나고 왼쪽무릎은 퉁퉁 부어올랐다. 왼쪽 다리가 안쪽으로 약간 굽어져 있었다. 무릎관절 장애로 절뚝거리면서 동네 친구들과 어울려 놀았다. 왼쪽 다리를 절뚝거

부모님 결혼사진. 울진군 북면 하당리 한동네에서 사시던 아버지와 어머니는
아직 스물도 되지 않은 19살과 18살에 결혼하셨다.

리면서 삼당초등학교에 입학하였다.

1960년대 후반 당시는 산림녹화사업이 한창 진행 중이었다. 황폐해진 민둥산에 나무를 심어 푸른 산을 만드는 산림녹화사업은 1960년대 후반 들어 본격화 됐다. 박정희 정권은 1967년에 농림부 산림국을 산림청으로 발족하고, 산림녹화사업에 강력한 행정력과 인력을 투입했다.

당시 초등학교 학생들은 산에 가서 솔방울을 주워 솔씨를 채집했다. 남은 솔방울은 교실에 설치된 난로에 불을 지피는 난방용 땔감으로 사용하였던 기억이 아련하다. 삼당초등학교 1학년 가을 어느 날이었다. 학교 앞산에서 단체로 솔방울을 수집하는 행사가 있었다. 나도 아픈 다리를 이끌고 참여했다. 그런데 누가 벌집을 건드렸는지 갑자기 땅벌들이 달려들기 시작했다. 깜짝 놀란 나는 벌떼에 쫓기어 내려오다가 넘어지면서 그만 아픈 왼쪽 다리가 부러지는 사고를 당했다.

다리가 부러지는 중상에도 불구하고 병원으로 가지 않았다. 사실 병원에 갈 형편이 못 되었다. 병원으로 가는 대신 군대에서 의술을 배웠다는 동네 어른에게서 부러진 다리에 지지대를 대고 붕대를 감는 치료만 받았다. 그 당시 우리 마을에서는 그 어른을 공의(公醫)라고 불렀던 기억이 있다. 다리가 부러진 나는 학교에 다닐 수가 없었다. 증조할머니의 보살핌을 받으면서 나는 집에서 다리가 낫기만을 기다렸다.

이듬해 친구들이 2학년으로 올라갈 때, 나는 1학년으로 다시 입학했다. 다시 초등학교에 다니던 중, 왼쪽 다리는 더욱 심하게 굽어져 왼쪽 무릎은 거의 90도로 붙어 버렸다. 퉁퉁 부었던 왼쪽 무릎에서는 고름이 터져 나오기 시작하였다. 헝겊으로 둘둘 감고서 학교에 다시 다니기 시작했다. 학교는 집에서 500m 정도의 거리에 있었다.

왼쪽 다리가 활처럼 휘어져 깨금발로 뛰어서 학교를 다녔다. 이를 보다 못해, 어떤 날은 아버지나 어머니가 업어서 데려다 주었다. 아버지와 어머니가 바쁠 때는 이웃 어른들이 업어서 데려다 주기도 했다. 지금 기억으로는 당시 북면하당출장소에 근무하시던 분이 나를 자주 업어다 주셨다. 어쩌다 보니 그 분을 찾아뵙지도 못하고 제대로 고맙다는 인사도 못 드렸다. 그분의 친척인 동네 후배에게 물어보니 이미 돌아가셨다고 전해 주었다. 송구스럽기 그지없었다. 늦었지만 그분에 대한 감사하는 마음을 가슴 속에 새기며 살고 있다.

무릎에서는 고름 썩은 냄새가 심하게 났다. 친구들과 함께 놀 수도 없고, 다른 사람들 곁에 가는 것조차 꺼려졌다. 한번은 껑충껑충 뛰어다니다가 책상 모서리에 무릎이 부딪혔는데 기절할 것 같이 아팠다. 치료라곤 증조할머니가 입으로 빨아서 고춧가루를 없앤 김치이파리를 상처에 붙이고, 헝겊으로 동여매는 것이 전부였다. 아픈 부위를 씻고 고름을 짜낸 다음, 새 헝겊으로 단단히 싸매었지만 헝겊사이로 고름이 흘러내렸다. 곪은 부위가 썩어서 여름에는 심한 냄새와 상상조차 힘든 고통이 따랐다.

나는 방과 후에는 냇가에 혼자 앉아 흘러내린 고름을 닦아내곤 했다. 헤진 살갗 사이로 꾸물거리던 구더기를 파내면서 하염없이 울기도 하였다. 그래서 그런지 지금도 친구들을 만나면 내가 성격이 굉장히 까칠했다고들 말한다. '그럴 만도 했겠다'는 생각이 든다.

별것 아닌 일에도 불끈 화를 내는 사람들이 있다. 모르는 이들은 성격이 유난스러워서 그런다 말하지만, 속사정을 들여다보면 이유는 따로 있다. 문제는 '예민한 몸'이다. 자신을 고통스럽게 한 '신체적 몸'으로 인해 다른 이들에게 그렇게 비쳐지는 것이다. 그렇다보니 나도 다리가 아프고, 친구들과 자연스럽게 어울려 뛰놀지 못하는 상황에서 보이는 반응이 다소 까칠하고 까탈스러운 성격으로 비춰진 모양이었다.

초등학교 6학년 때, 전교어린이회장에 출마하였다. 하당리
에서는 내가 출마하고, 상당리에서 다니는 친구가 출마해 경선
을 했다. 아쉽게도 나는 낙선하고 상당리 친구가 회장으로 당
선되었다. 그 친구는 몇 년 전 가족과 우리를 두고 다시 돌아오
지 못하는 먼 곳으로 떠나버렸다. '친구야! 우리 다음 생에서도
친구로 만나자.'

전교어린이회장에는 떨어졌지만 6학년 반장은 내가 맡았
다. 반장을 맡았으므로 사은회 준비를 해야 했다. 기억은 잘 나
지 않지만 어머니가 어렵게 구해온 닭 한 마리를 삶아서 냄비에
담아 학교로 가져갔다.

어머니는 감주(식혜) 한 동이를 머리에 이고 사은회 행사 날
학교에 오셨다. 누가 준비했는지 절편과 시루떡도 마련했다.
학교 선생님들은 교무직원 분들까지 포함하면 15명은 되었다.

그날 사은회 행사는 잘 기억나지 않는다. 다만 나와 같은 하
당리 6반에 살았던 친구와 닭 뼈를 뼛속까지 다 빨아먹었던 기
억은 지금도 생생하다. 사은회를 마치고 친구와 나는 살코기를

삼당초등학교 6학년 때 불영사로 졸업여행을 가서 친구들과 함께 찍은 기념사진(위).
삼당초등학교 35회 졸업 기념사진(아래). 필자가 졸업할 때 졸업생은 58명이었다.

발라먹은 닭 뼈를 모두 냄비에 쓸어 담았다.

집으로 오는 길에 냇가에 앉아 돌멩이로 뼈를 두드려 부수어 가면서 닭 뼈의 속까지 모두 쪽쪽 빨아먹었다. 지금 누가 살코기를 발라 먹은 닭 뼈를 먹겠는가? 가끔 친구들과 "그땐 왜 살코기도 없는 닭 뼈가 그렇게 맛있었을까"라며 사은회 때를 얘기하면서 추억에 빠지곤 한다. 닭 뼈를 맛있게 같이 먹던 친구는 지금 마산에서 살고 있다는 얘기를 들었다. 만나지 못한 지도 10년은 족히 되었다. '친구야, 보고 싶다!'

초등학교에 다니면서 공부는 웬만큼 한다는 소리를 들었다. 돌이켜 보면 '수 우 미 양 가' 5단계로 학력을 평가하던 당시, 체육은 늘 '가'였다. 미술과 음악은 가끔 '우'를 받았고 나머지는 대체로 '수'를 받은 것 같다. 바로 아래 남동생은 초등학교 6년 내내 '수'를 받았고, 6학년 때는 내가 하지 못한 전교어린이회장을 하였다.

아마도 2년 후에는 삼당초등학교 총동문회장을 맡게 될 것이라고 했다. 내가 초등학교에 다닐 무렵에는 아침마다 '새벽종이 울렸네. 새아침이 밝았네. 너도나도 일어나 새마을을 바꾸세. 살기 좋은 내 마을, 우리 힘으로 만들세'라는 새마을 노래가 울려 퍼졌다.

초등학생이면서도 4H 회원인 동네 형들의 성화로 아침 일찍 일어났다. 마을길을 빗자루로 쓸고, 길가에 있는 잡초를 뽑고, 학교에서 나누어 준 꽃씨를 심었다. 저녁에는 4H 회원인 형들에게서 과외수업을 받았다. 4-H는 두뇌(head), 마음(heart), 손(hand), 건강(health)의 이념을 가진 청소년단체다.

1902년 농업구조와 농촌의 생활을 개선하기 위해 미국에서 처음 조직되었다. 우리나라에서는 각각 지(智), 덕(德), 노(勞), 체(體)로 번역해 사용하고 있다. 1947년 시작돼 학생들에게 작물 재배, 선진영농기술 교육, 생활환경보전 등을 교육하였고 1970년대에는 새마을운동으로 이어졌다

하당리에는 1반에서 6반까지 총 100여 호가 있었다. 내가 초등학교를 졸업할 때 전체 졸업생은 58명이었다. 그중 하당 출신은 나를 포함하여 남자아이 4명, 여자아이 6명 정도였다. 졸업하고 바로 울진중학교에 진학한 사람은 나를 포함한 남자아이 2명, 여자아이 1명이었다. 하당리 출신 졸업생 중 30%가 중학교에 진학했다. 한해를 쉬고 다음해 후배로 중학교에 진학한 친구들도 2~3명 있었다. 당시만 해도 주변에서는 '장애를

울진중학교 3학년 봄 소풍 때 친구들과 함께 찍은 기념사진(위).
울진종합고등학교(현 울진고등학교) 3학년 때 담임 선생님과 함께 찍은 기념사진(아래).

가진 아이를 중학교에 보내서 뭐 할 거냐'며 시계 고치는 기술이나 금은세공 기술을 배우게 했다. 그때는 금은세공 기술이나 시계수리 기술자는 장애인들이 많았다. 금은방이나 시계방을 직접 운영하든지 그럴 형편이 안 되면 월급쟁이 기술자로 취업도 수월했다. 일단 기술을 가지고 있으면 밥은 굶지 않았다. 남에게 의지하지 않고 살아갈 수 있었다.

아버지는 장애인일수록 더 많이 배워야 한다며 나를 중학교에 보냈다. 울진중학교에 입학한 나는 곤궁한 집안형편으로 하숙을 하지 못하고 자취를 했다. 그마저 방값이 비싼 학교 근처는 엄두도 못 냈다. 아버지가 마련해 준 자취방은 학교에서 1km 정도 떨어진 울진읍내 1리(새마실)에 있는 목재소 앞집이었다.

아버지와 알고 지내시는 분의 집이었다. 자취방 살림도구로는 어머니가 시장에서 사다준 석유곤로 하나와 그릇 몇 개, 집에서 가져온 된장과 고추장, 이불과 속옷 2벌과 양말 서너 켤레가 전부였다. 더 필요한 것도 없었다.

1km를 걸어서 등교하려면 나의 아픈 다리로는 40분 정도 걸렸다. 나는 아침 6시면 일어나서 먼저 주인집 마당을 쓸었다. 그리곤 나서 곧바로 석유곤로에 불을 켜서 냄비에 보리쌀과 쌀

을 섞어서 밥을 지었다. 곤로 불은 제때 조절하지 않으면 냄비를 태울 수 있었다.

그래서 나는 밥이 다 될 때까지 옆에 쪼그리고 앉아서 영어 대문자와 소문자를 익히든가 영어 책을 들고 "I'm Tom. I'm a boy."을 외웠다. 대부분 시골 아이들은 중학교에 입학해서야 비로소 영어를 배우기 시작하였다. 중학교에 진학한 형이나 누나가 없으면 영어를 배울 길이 없었다.

나는 중학교 1학년 때, 2반에 배정되었다. 나와 같이 닭 뼈를 빨아먹던 친구는 4반에 배정되었다. 불편한 몸으로 공부를 하려니 힘들었다. 두메산골에서 온 처지라 울진읍내 학생들에게 주눅마저 들어있었다.

첫 번째 중간고사를 쳤는데 뜻밖에 반에서 2등을 했다. '아! 울진 아이들이 모두 나보다 공부 잘하는 것은 아니었구나'는 생각이 들었다. 나도 충분히 경쟁할 수 있다는 아주 작은 자신감이 생겼다.

토요일이면 나는 하당리 집으로 왔다. 집으로 올 때는 4반 친구와 항상 같이 왔다. 우리 모두 부모님이 중학교 3년 내내 입으라고 아예 엑스라지 크기의 교복을 사주셨다.

그 바람에 소매와 바짓가랑이를 몇 번씩 접어 올려 꿰매어 입고 다녔다. 모자는 너무 큰 나머지 머리에 쓰면 빙글빙글 돌아갈 정도였다. 결국 중학교 입학할 때 산 모자는 졸업할 때까지 쓰고 다녔다. 다만 바지는 키가 크고 허리가 커지면서 추가로 하나 더 구입했다. 그 외는 중학교 졸업할 때까지 추가로 산 것이 없었다.

중학교 1학년 때, 재미있는 추억 하나가 있다. 가을 벼 베기가 한창일 때였다. 그때까지 우리 마을에는 시내버스가 다니지 않았다. 그런데 시내버스가 시험운행을 한다며 일요일 저녁때, 하당리에 온다고 했다. 버스는 하당리에서 하룻밤을 지새우고, 다음날인 월요일 아침 7시에 죽변항을 거쳐 울진읍으로 간다는 거였다.

내가 태어난 하당리는 행정구역은 북면이었지만 생활권은 울진읍이었다. 하당리를 기점으로 하당-죽변항 30리, 죽변항-울진읍 25리, 울진읍-하당 30리 이렇게 삼각형 모양의 지형을 이루고 있다. 죽변항에서 울진읍으로 가는 7번 국도는 강릉에서 포항, 부산, 대구 등으로 가는 여러 개의 버스노선이 있

1장 | 부모는 활이고 자식은 화살이다

어 비록 비포장이었지만 길이 닦여 있었다.

일요일 오후, 친구에게 울진으로 같이 내려가자고 했다. 친구는 월요일 아침에 시내버스를 타고 간다면서 나보고 혼자 내려가라고 하였다. 나는 할 수 없이 혼자 집을 나서서 집 앞 개울의 징검다리를 건너 논둑길과 밭둑길 사이에 있는 오솔길을 따라 울진으로 향했다.

그 길의 아래편에는 우리가 햇볕이 잘 들지 않아 '음달 논'이라 부르는 소출이 적은 논이 있었다. 마침 그곳에는 할아버지와 어머니가 벼를 베어 논바닥에 깔고 계셨다. 어머니를 보자 더욱 울진으로 내려가기 싫어졌다. 논둑에 주저앉아 메뚜기를 잡고 있으니, 어머니는 해 떨어지기 전에 도착하려면 빨리 내려가라고 성화셨다. 나를 쳐다보지도 않고 그냥 가라고만 말씀하셨다.

때마침 부산에 사시던 외숙모가 오시는 것이 아닌가? 하당리 6반에 있는 큰집(나의 큰 외가)에 볼일이 있어서 오시는 길이라고 하셨다. 외숙모는 울진까지 버스를 타고 오신 후, 울진읍에서 걸어서 하당리까지 오시는 길에 우리 음달 논에서 잠시 쉬어 가시게 되었다. 당시에는 울진에서 하당 사이 버스가 다

니지 않았다. 삼촌이나 숙모들도 모두 명절에 고향에 오실 때
에는 울진읍에서 30리를 걸어서 오셨다.

나를 본 외숙모는 용돈 하라며 200원을 주셨다. 돈을 받는
순간 나는 '내일 아침 버스를 타고 가야겠다'고 생각했다. 곧바
로 어머니에게 "나, 내일 버스타고 갈게요."라고 말했다.

당시 나는 돈을 구경해본 적이 별로 없었다. 폐결핵으로 누
워 계시는 아버지 약값으로 할아버지와 어머니가 여기저기서
돈을 빌리셨기 때문에 우리 집은 상당한 빚을 지고 있다는 것
을 눈치로 알 수 있었다. 그런 상황에서 버스를 타고 가겠다고
차비 달라는 말을 차마 할 수 없었다.

외숙모에게서 돈 받을 때, 그 기분은 이루 말할 수 없을 정
도로 기뻤다. 그 영향으로 나는 내 사무실을 찾는 고향 분들이
아이들을 데려 오면 용돈으로 쓰라고 어린아이에게는 1만 원,
중·고등학생과 대학생에게는 5만 원을 주는 버릇이 생겼다.
받는 사람들은 쑥스러워 했다.

월요일 아침, 버스를 타고 학교로 간다는 생각을 하자 버스
에 대한 호기심이 일기 시작했다. 버스는 무슨 색깔일까? 운전

사 아저씨는 어떻게 생겼을까, 사람들은 많이 탈까, 시간은 얼마나 걸릴까 등등 궁금한 것이 너무도 많았다.

마침내 저녁때가 되니 하당리 이장님이 공지한 대로 버스가 하당리에 도착했다. 아직 저녁 해가 넘어가기 전이었다. 운전사 아저씨는 걸레로 차 버스에 묻은 먼지를 닦았다. 아침 7시에 출발한다는 표시가 아크릴판에 붉은 글씨로 쓰여 져 버스 앞면에 붙어 있었다. 내일 아침 버스를 타고 죽변항을 거쳐 다시 울진으로 간다고 생각하니 벌써부터 가슴이 설렜다. 저녁을 먹고 나서 일찍 잠자리에 들었으나 잠은 쉽게 오지 않았다.

월요일 아침 설레는 마음으로 버스에 올랐다. 친구는 학생 가방에 쌀을 넣고 새끼줄로 둘러서 양쪽 어깨에 멜 수 있도록 멜빵을 했다. 손에는 김치를 담은 다 쓴 페인트 통이 들려 있었다. 동네 어른들이 쌀가마니 등을 잔뜩 싣자 버스는 출발하였다. 버스가 나그네 고개를 넘고 사계리를 지나고 소곡리를 거쳐 돌재를 지나 내려갈 때였다. 아마도 화성리 쯤이었던 것으로 기억된다. 도로가 제대로 다져지지 않았는지 버스 오른쪽 앞바퀴가 길 가장자리에 푹 빠져 버렸다. 버스는 더 이상 움직일 수가 없었다. 바퀴가 무른 길에 제대로 빠졌는지 꼼짝도 하지 않았다. 바퀴를 다시 끌어내기 전에는 버스는 움직일 수가

고등학교 2학년 수학여행 때, 충남 아산 현충사(위)와
서울 여의도 KBS방송국(아래) 견학 후 찍은 사진.

없었다.

어른들은 투덜거리며 버스에서 모두 내렸다. 친구와 나도 버스에서 내려 죽변항 가는 길을 물어 걷기 시작하였다. 친구는 쌀이 든 가방을 짊어지고, 김치가 들어 있는 페인트 통을 이손 저손으로 번갈아 들면서 걸었다. 죽변항에 도착하면 울진 방향으로 가는 버스를 탈 생각이었다. 강릉 방향에서 오는 시외버스는 대부분 울진을 지나갔다. 친구와 의논하기를 버스가 언제 올지 모르니, 울진 쪽으로 걸어가다가 버스가 오면 손을 들어 세우기로 하였다.

처음으로 버스를 세워서 타는 우리는 쑥스러운 나머지 서로 상대방이 손을 들어 버스를 세우기 원했다. 결국 친구가 먼저 손을 들어 버스를 세우기로 하고 걸었다. 저 멀리서 버스 한대가 희뿌연 먼지를 뒤로 날리면서 달려오고 있었다. 손을 들기로 약속한 친구는 손을 들기는커녕 얼른 길옆 수풀 속으로 피해 버렸다. 친구가 손을 들어 우리를 태워달라고 하지 않자, 버스는 그냥 우리를 지나쳐가고 말았다. 하는 수 없이 친구와 나는 울진을 향해서 무작정 걸었다.

온양초등학교(현 울진초등학교) 근처에 왔을 무렵이었다.

마침 강릉방향에서 오는 버스가 보여서 이번에는 내가 손을 들기로 하고 버스가 오기를 기다렸다. 버스가 가까이 오자 나는 손을 번쩍 들었다.

그러나 버스는 내가 손을 든 것을 보았는지 아니면 보지 못한 것인지 우리에게 흙먼지만 뒤집어씌우고는 그냥 가버렸다. 친구도 나도 버스를 세우지 못하자 하염없이 걸었다. 4시간 정도를 걸었을까, 저 멀리에 울진중학교가 보였다. 학교에 도착하여 교실에 들어가니 3교시 수업을 마치고 4교시 수업을 하고 있었다.

친구도 나도 둘 다 담임 선생님은 여 선생님이었다. 나의 담임 선생님은 "30리가 넘는 먼 거리를 그 다리로 어떻게 걸어서 왔냐"며 눈물을 글썽이며 고생했다고 용기를 주었다. 반면 친구의 담임 선생님은 지각한 벌로 일주일 간 화장실 청소를 시켰다고 들었다.

아마도 숫기가 없는 친구가 오늘 아침의 버스 사정을 말씀드리지 않아 그냥 땡땡이 친 것으로 오해한 모양이었다. 그렇게 나의 중학교 자취생활은 적응되어 갔다. 중학교 2학년에 올라가서는 1반, 3학년 때는 4반에 편성 되었다. 중학교 3학년 때,

담임 선생님은 총각 선생님이셨다. 울진농고를 나오신 분으로 장애를 가진 나를 많이 아끼셨다.

친구 중에서는 삼당초등학교를 졸업하고 한 해를 쉬었다가 후배로 들어온 친구도 있었다. 하당리 후배들도 입학하고, 친구들도 한해 늦었지만 중학교에 진학하면서 하당리 출신 중학생들이 이젠 꽤 여러 명이 되었다.

우리는 토요일 오전 수업을 마치면 함께 하당리 집으로 갔다가, 일요일 오후에 다시 모여 울진으로 내려오곤 하였다. 여럿이 모여서 장난도 치면서, 함께 다니다 보니 재미도 쏠쏠했다. 가끔 나의 절뚝거리는 다리를 보고 놀리거나 심지어 돌멩이를 던지는 어린 아이들도 있었다.

그럴 때마다 '저 아이는 장애를 가진 사람을 보지 못해서 그런가보다' 하고 생각했다. 친구들이나 후배들은 나를 놀리는 아이를 보면 곧바로 야단을 쳐주었다. 나에게도 든든한 우군이 있다는 생각을 하자 한결 힘이 나고 마음 뿌듯하였다.

언제부터인가 친구들과 후배들은 자전거 타는 것을 배우고 있었다. 자전거 타기를 배우고 나선 집에서 마련해준 자전거로

학교도 오가고, 주말에는 집에도 오가곤 했다. 왼쪽 다리를 굽힐 수 없는 나는 자전거를 탈 수도 배울 엄두도 내지 못했다.

물론 집안 형편으로 볼 때, 자전거 살 돈도 없었다. 친구들과 후배들이 자전거를 타고 다니기 시작하면서 나는 친구들과 후배들의 신세를 많이 졌다. 본가가 있는 하당리로 오갈 때는 항상 친구들과 후배들이 번갈아 가면서 나를 자전거 뒷자리에 태우거나 앞에 걸터 태우고 다녔다. 시골집으로 가는 길에는 개울물도 여러 번 건너야 하고, 산비탈과 논둑길을 가야하는 경우가 많았다. 그땐 자전거를 들고 징검다리를 건너거나 오르막에선 내려서 끌었다. 그래도 걸어 다닐 때보다 시간은 절반으로 줄었다.

그 와중에 나도 친구들 자전거를 빌려서 외발로 타는 연습을 해보았다. 아! 이게 웬일인가? 자전거가 굴러가는 것이었다. 한번은 내리막길에서 연습하다가 당황한 나머지 브레이크를 잡지 못했다. 인정사정없이 2m 아래의 논바닥으로 그냥 처박혀 버렸다. '아이고, 이렇게 죽는가보다' 했다. 굽어진 다리가 몹시 아팠지만 논바닥이라서 그런지 그다지 다친 데는 없었다. 시간만 나면 친구나 후배 자전거를 빌려 자전거 타는 연습을 했다. 여러 번의 시행착오를 걸쳐 외발로 자전거 페달을 돌

담임 남주숭 선생님

이 장 춘 선 생 님

울진중학교 졸업식 때 어머니와 함께 찍은 기념사진(위). 중·고등학교에 다닐 때
선생님으로부터 많은 도움을 받았다. 중학교 3학년과 고등학교 3학년 때 담임을 맡으셨던
남주숭(왼쪽) 선생님과 고등학교 2학년 때 담임이셨던 이장춘(오른쪽) 선생님.

릴 수 있는 기술을 습득했다. 굳은 결심을 하고 노력하면 안 되는 것이 없었다. 이젠 나도 자전거를 탈 수 있게 되었다.

자전거를 탈 수 있게 되었다고 당장 자전거를 살 수 있는 형편이 아니었다. 용돈 한 푼 받아본 적 없는 집안형편으로 자전거를 사 달라는 말조차 꺼낼 수 없었다. 자전거를 사지는 못하지만 탈 수 있게 된 것만도 다행이라고 생각했다.

중학교 3학년 때였다. 담임 선생님이 나를 불러서 문교부에서 실시하는 '고운말 쓰기 표어 공모전' 참가 공문이 내려왔다며 참가를 권했다. 나는 당시 울진중학교 교내외에서 실시하는 여러 백일장에 참가하였다. 장원은 못 했지만 꾸준히 입상하는 정도의 필력은 갖고 있었다.

국어 과목을 가르치고 있었던 남주승 담임 선생님의 지도 아래 '고운 말이 맺는 인정, 한 마을이 가족 된다'로 표어 공모전에 참가했다.

하느님이 보우하신 것인지 조상님이 보살피신 것이지 내가 쓴 표어가 가작에 당선되었다. 상금도 자그마치 1만 원이나 되었다. 세금 3,000원을 공제하고 상장과 함께 학교로부터 상금

7,000원을 받았다. 나는 아버지를 졸라서 중고 삼천리 자전거 1대를 샀다.

마침내 나도 자전거를 타고 다닐 수 있게 되었다. 나에게도 이런 행운이 있을 것이라고는 꿈에도 생각하지 못하였다. 그 기쁨은 이루 말할 수가 없었다. 자전거가 생기자 주말이면 하당리 본가까지 한결 수월하게 오갈 수 있게 되었다. 나는 집에 와서 갈 때 마다 쌀과 김치를 자전거에 싣고 외발로 신나게 자전거를 타며 자취방을 오갔다.

1977년 중학교를 졸업할 당시, 내 왼쪽 다리는 반대로 휘어져 있었다. 서서 있을 경우 활처럼 휘어져서 졸업사진을 찍어도 별로 기분이 내키지 않았다. 할아버지는 내게 더 이상의 공부는 시키지 않을 생각이었다.

중학교를 마치고는 시계 고치는 기술을 배워서 시계방을 해야 앞으로 먹고 살 수 있다며 고등학교 진학을 반대하셨다. 아버지는 할아버지의 주장을 따르지 않았다. 당신이 폐결핵을 앓고 있어 언제 죽을지도 모른다는 것을 아셨든지 어쨌든 고등학교를 보내야 한다고 강력히 주장하여 나는 울진종합고등학교 보통과로 진학하였다. 울진종합고등학교는 울진농업고등학교가 인문계와 실업계가 같이 있는 종합고등학교로 전환한 것이었다. 울진농고가 울진종고로 바뀌면서 농과, 임과, 축산과, 보통과 1반(문과), 보통과 2반(이과) 등 총 다섯 개 학과로 나누어 학생들을 모집하였다. 나는 문과에 해당하는 보통과에 입학했다.

아버지가 할아버지의 완고한 주장을 꺾는 바람에 고등학교에 다닐 수 있게 되었다. 울진종고는 울진중학교 바로 옆에 있었다. 고등학교에 입학한 후에도 공부하는 것 말고는 생활은 중학교 때와 별반 다르지 않았다. 중학생 때와 마찬가지로 자취생활을 했다. 다만 중학교 3학년 때 구입한 삼천리 중고 자전거로 인해 친구들처럼 나도 자전거를 타고 학교에 다닐 수 있었다.

내가 생각해도 공부에 대한 열정은 남에게 뒤지지 않았다. 학비가 부족하자 친구들에게 『월간영어』를 주문 받아 판매하고 받는 몇 푼의 수수료를 모아 보탰다. 고등학교 시절 최고의 추억인 수학여행은 언감생심이었다. 그런데 이번에도 담임 선생님이 도와 주셨다. 2학년 담임을 맡은 이장춘 선생님이 선뜻 수학여행 비용을 대신 내주신 것이다.

"재현아, 수학여행비 걱정하지 말고 친구들이랑 수학여행 같이 다녀오자. 선생님이 내주었다고 부담가질 필요 없다. 나중에 어른이 되었을 때, 너도 주위에 어려운 사람을 만나면 도와주면 되는 것 아니냐."

이장춘 선생님은 다소 기운 빠져 있는 내게 그렇게 힘과 용기를 주셨다. 이장춘 선생님 덕분에 서울 여의도 KBS와 아산 현충사를 둘러보는 수학여행을 다녀 올 수 있었다. "이장춘 선생님! 고맙습니다."

아버지의 따뜻한 등과
1차 다리 수술

초등학교 4학년에 올라가자 왼쪽 무릎에서 흘러내리던 고름
이 멈추었다. 퉁퉁 부어올랐던 무릎은 가라앉고 결핵균 침입으
로 인한 상처는 완치되었다. 그러나 왼쪽 다리는 안쪽으로 완
전히 붙어 버린 상태였다. 걸을 때마다 다리에 가해지는 고통
은 점점 더해졌다. 내가 다리의 통증으로 인해 고통스러워하는
모습을 본 아버지의 가슴은 미어졌다. 가난한 집안에 부모와
조부모님 그리고 줄줄이 달린 동생들을 두고 어른들에게 몇 마
지기 되지도 않은 농토를 팔아달라고 요구할 수도 없었다.

아버지와 어머니가 결혼하고 이태 후, 내가 태어났다. 아버지
는 21살, 어머니는 20살이었다. 21살의 나이에 아들을 둔 아버
지가 할아버지(내겐 증조할아버지)까지 계신 집안에서 마음대로

할 수 있는 것이 별로 없었다고 한다. 1960년대만 해도 소아마비는 굉장히 흔한 질병이었다.

치료할 돈도 없었지만 어른들은 병원에 가도 소아마비는 고칠 수 없다고 판단하였다. 그래서 아버지는 홧김인지 좋아 하셨는지 알 수는 없으나 언제부터인지 노름을 하셨다고 한다. 몇날 며칠을 집에 들어오시지 않는 날도 많았다.

수 년 간을 그렇게 하셨다고 나중에 어머니로부터 들었다. 어머니 말씀에 의하면 밭 두 마지기 약 150평(우리 동네는 그당시 밭 75평을 한마지기로 계산)을 날렸다고 한다. 평생 아버지와 가족을 괴롭혔던 폐결핵도 아버지가 젊은 나이에 노름판에 다니시면서 얻은 부산물이었다.

그렇게 몇 년을 노름판을 전전하시던 아버지는 한번은 크게 돈을 땄는지 송아지 한 마리를 사갖고 오셨다고 한다. "송아지를 키워 재현이 다리 수술비용을 마련하겠다"면서 애지중지하며 송아지를 키우셨다. 아버지가 어렵게 마련한 송아지가 중간소 정도까지 컸을 때였다. 초등학교 4학년 2학기 무렵이었다. 아버지는 다리 수술하러 가자며 나를 들쳐 업었다.

나는 아버지 등에 업혀서 영주행 직행버스에 몸을 실었다. 직행버스는 아슬아슬하고 위험천만해 보이는 불영계곡 비포장 길을 요리조리 지나 봉화군 소천면 분천리에 도착했다. 버스에서 내린 후 다시 아버지 등에 업혀서 분천역에서 영동선 열차를 타고 석포리까지 갔다.

그때 큰외삼촌은 석포리에 있던 아연광산에서 광부로 일하고 계셨다. 그날 저녁 큰외삼촌 댁에서 하룻밤을 묵었다. 이튿날 강원도 삼척군 장성읍에 있는 철암역에서 열차를 타고 서울 청량리역에 도착하였다.

당시 서울에는 어머니 6촌 동생이 중구에 살고 계셨다. 아버지는 나를 업고 중구의 이 골목 저 골목을 4시간 동안 어머니 6촌 동생 집을 찾아다녔다. 어머니 6촌 동생 집을 찾는 일은 '서울에서 김서방 찾기'처럼 쉽지가 않았다. 골목 구조가 모두 비슷비슷하여서 같은 골목을 여러 번 돌기도 했다. 어느덧 시간은 밤 9시가 되었다.

아버지도 지치셨는지 어느 조그마한 구멍가게 평상에 나를 내려놓았다. 저녁을 먹지 못한 아버지와 나는 저녁식사 대용으로 복숭아 두 개를 사서 하나씩 나눠 먹었다. 복숭아를 사면서

울진 하당리에서 소문난 미남이셨던 젊은 시절의 아버지 모습.

아버지는 구멍가게 주인에게 사정 얘기를 하였다. 그런데 구멍가게 주인이 어머니 6촌 동생을 알고 있다고 했다. 서울 와서 듣던 중 가장 반가운 소리였다. 구멍가게 주인은 자기가 아는 사람이고, 집도 어디인지 알고 있다고 하였다. 아버지는 연신 고맙다는 인사를 하고 어머니 6촌 동생 집에서 하룻밤 신세를 졌다.

이튿날 아버지는 나를 업고 신촌의 세브란스병원으로 갔다. 병원에서 내가 진찰을 받을 당시 아버지는 의사 선생님으로부터 심한 꾸지람을 듣고 있었다. 아버지가 두 손 내리고 죄송하다며 연신 머리를 구부리던 모습이 아직도 생생하다. 의사 선생님의 말씀은 얼추 이런 얘기였다.

"아무리 시골에 살아서 모른다고 해도 어떻게 다리가 썩어 나올 때까지 몇 년을 그대로 두었느냐? 다리가 썩기 1년 전에만 왔어도 완치는 가능했지만 이제 완치는 어렵다."

나는 의사 선생님의 그런 말에는 일절 관심이 없었다. 내 머릿속에는 온통 청량리역 인근 대왕극장의 화려한 불빛과 아름다운 여배우 얼굴들만 어른거렸다. 그리고 높은 빌딩들과 수많은 자동차와 사람들의 모습으로 가득 차 있었다. 간헐적으로

수술하다가 너무 아파서 죽지 않을까 하는 걱정이 잠깐씩 날뿐
이었다. 지금 생각해 보니 그때 아버지 가슴이 얼마나 아프고
찢어졌을까 하는 생각이 들었다.

병원에서는 1주일 동안 굽어진 내 왼쪽 다리에 무거운 무쇠
추를 달았다. 그리고 굽어진 다리를 강제로 펴는 치료를 거의
두 달 가까이 받았다. 잠을 자다가 병원 침대에서 굴러 떨어지
는 날도 여러 번 있었다. 그때마다 약간 펴졌던 다리가 다시 오
므라들면서 생기는 그 고통은 참을 수 없었다.

아버지는 나를 입원시켜 놓고 소를 팔러 시골로 내려가셨다.
예정된 수술 날짜에 맞추어 1주일 만에 다시 서울에 오셨다. 혼
자 입원실에 있을 땐, 고향 집 생각이 났다. 인근 신촌역에서 밤
열차가 기적을 울리면서 드나드는 것을 보면서 어머니도 보고
싶고, 증조할머니도 보고 싶었다. 시골 가신 아버지는 왜 이리
안 오시나 원망하기도 했다.

병원에 입원해 있을 때, 내게는 환자 식사가 제공되었다. 아
버지는 따로 식사를 주문하지 않으셨다. 그러면 나는 '입맛이
없다. 다리가 아프다'고 핑계를 대면서 항상 절반의 밥을 남겼
다. 아버지는 내가 남긴 밥과 미숫가루로 식사를 대신 하셨다.

내가 있던 병실에 내 또래 아이도 한명 입원해 있었다. 부잣집 아이인지 그 아이에겐 개인 텔레비전이 있었다. 텔레비전에서는 아톰이라는 아이가 손과 발에서 불을 뿜으면서 공중으로 날아 다녔다. 나는 그때 텔레비전을 처음 보았다. 참으로 신기했다. 그 아이를 돌보던 삼촌이라는 분(나도 삼촌이라 불렀다)이 하루는 찢어지고 헤어진 셔츠를 입고 있던 아버지에게 깨끗한 셔츠를 하나 주었다. 아버지는 고맙다며 덤덤히 받으셨지만 나는 솔직히 부끄러웠다.

나중에 X-레이 사진을 확인해 보니 왼쪽 다리를 그냥 절반으로 싹둑 잘라서 이어 붙여 놓았다는 것을 알았다. 내가 과연 걸을 수 있을까 하는 의심이 들었다. 가슴까지 덮는 전신 깁스를 하고 3개월 정도 병원신세를 졌다. 그 사이 아버지는 고향에 서너 번은 다녀오셨다. 문병 온 사람은 아무도 없었다. 아버지가 안 계실 동안, 대소변을 다른 환자 보호자의 도움을 받게 되면서 나는 아예 식사량을 극도로 줄였다. 창피하기도 하고 다른 환자 보호자에게 폐를 끼치는 것 같아서였다. 아버지가 안 계실 때에는 대변은 거의 보지 않았던 기억이 난다.

3개월 정도가 지나자 가슴 아래까지 덮고 있던 깁스를 풀었다. 왼쪽 다리가 오른쪽 다리와 함께 나란히 뻗어 있었다. 너무

신기했다. 나도 두 다리로 걸을 수 있다고 생각하니 너무 기뻤다. 퇴원하고는 바로 걸을 수 없어 다시 아버지 등에 업혔다. 아버지 등에 업힌 나는 서울 올 때와는 반대로 청량리, 철암, 분천을 거쳐 울진읍내까지 왔다. 아버지는 읍내에서 하당리 집까지 걸어가지 않고 택시를 대절하여 집 앞까지 왔다. 당시 택시는 요즘과 달리 지프처럼 생겼는데, 시동을 걸때는 보닛을 열고 쇠파이프를 엔진에 꽂아서 돌렸다.

집 앞에서 내리니 할아버지가 리어카를 빌려서 그 위에 넓은 판자를 덮어서 끌고 오셨다. 어머니와 코흘리개 동생 3명도 소매로 연신 코를 닦으면서 마중 나왔다. 판자위에 누워서 할아버지가 끄는 리어카에 누워서 집으로 갔다. 수술 받으러 서울로 떠날 때 강아지였던 검둥이가 어느 새 훌쩍 커서 반갑다고 길길이 날뛰었다. 내가 누운 판자 위로 뛰어 올라 내 얼굴을 마구 핥아댔다. 검둥이는 어머니로부터 한 대 얻어맞고 내려가면서 계속해서 뛰어 올랐다. 검둥이가 보고 싶어서 울었던 기억도 났다.

아버지의 사랑 덕분에 수술을 성공적으로 마치고 다시 집으로 돌아왔다. 그땐 쑥스럽고 어색하여 아버지에게 고마움을 표현하지 못했다. 아버지가 나를 업고 서울로 가고, 나를 업고 집으로 올 때 아버지의 등에서 전해지는 따뜻한 아버지 냄새는 영원히 잊을 수 없다. 나를 업고 서울에서 4시간 가까이 이 골목 저 골목을 헤매고 다니실 때도 힘든 기색 한 번 내지 않으셨던 아버지다.

"아버지, 고맙습니다. 그리고 그립습니다!"

이념갈등의 무고한 희생자
외할아버지

내가 태어난 곳은 울진군 북면 하당리 6반이었다. 당시 20여 가구가 살고 있었고 외가도 역시 같은 6반이었다. 외가는 내가 태어난 집과는 불과 200m 남짓 떨어져 있었다. 6반의 20여 가구 중, 외가 집안은 총 6가구였다. 6반의 30%가 외가 집안이었다. 평소에 야무지고 똘똘하게 생긴 어머니를 유심히 살펴보시던 할아버지께서 며느리로 맞이하려고 엄청 노력하셨다는 얘기를 어머니로부터 들었다.

어머니는 외할아버지와 외할머니 사이에 삼남매 중 장녀로 태어나셨다. 어머니와 아래 동생으로 큰외삼촌, 작은 외삼촌 이렇게 삼남매였다. 당시 외할아버지는 소작농을 하셨다고 한다. 6.25가 일어나기 전인 1949년, 우리 동네 하당리에서도 좌익과 우익으로 나눠져서 밤중에 서로 공격하고 싸우는 일들이 다반사로 발생했다고 한다. 내가 태어난 고향집 바로 앞에는 작은 파출소 개념인 '무기고'가 있었다. 경찰관 한 명이 무기고에 상주하면서 근무했다. 그때 그 경찰관이 외가의 사랑방을 얻어 하숙을 하고 있었다고 했다.

해방에서 6·25 전후까지 좌익과 우익의 치열한 싸움은 숱한 불행을 남겼다. 외진 시골도 예외가 아니었다. 6.25가 일어나기 전 해인 1949년, 어느 날 밤이었다. 우리 지역에서도 좌익들이 죽창을 들고 고향집 바로 앞에 있는 무기고를 습격하고 불을 질렀다. 그리고 외갓집 사랑방에서 잠자던 경찰관을 끌어내어 논바닥에 패대기쳤다.

경찰관 1명과 좌익 무리들 사이에 싸움이 벌어졌다. 싸움이라기보다는 좌익들의 일방적인 경찰관 집단 폭행이었다. 이를 보다 못한 외할아버지가 젊은 경찰관을 구하러 나섰다가 좌익들의 죽창에 온 몸이 만신창이가 되어 돌아가셨다. 당시 어머니는 삼당초등학교 2학년에 다니고 있었다. 외삼촌 두 명은 아직 초등학교에도 입학하기 전이었다. 하루아침에 가장인 외할아버지를 잃은 외가는 풍비박산이 났다. 먹고 살려면 외할머니가 품팔이로 나설 수밖에 없었다. 어머니는 2학년을 채 마치지

여행 중에 찍은 어머니 사진.

도 못하고 초등학교를 그만두었다. 그 후 2~3살 터울이던 외삼촌들은 겨우 초등학교는 졸업할 수 있었다. 외갓집에 이어 외가의 작은 집에서도 6.25의 비극은 피해가지 않았다.

6.25 전쟁이 끝나갈 무렵, 같은 이웃에 살던 외할아버지 동생이 철수하는 인민군에게 지게꾼으로 잡혀 북으로 끌려갔다. 그 후 생사를 확인할 수 없게 되자, 사실상 사망한 것으로 외가 집안에서는 받아들일 수밖에 없었다. 혼자 품팔이를 하며 집안을 꾸려가던 외할머니는 18살로 아직 꽃다운 나이인 어머니를 이웃집 19살 난 아버지에게 시집보냈다. 가난 때문에 먹고 살기 어렵던 데다가 할아버지가 어머니를 며느리로 달라고 여러 번 얘기하던 차에 외할머니가 결단을 내리신 거였다.

외할머니는 딸을 시집보내고 나서 오래 살지 못하셨다. 내가 다섯 살 무렵에 돌아가셨다. 어머니가 시집간 지 6년쯤 되었을 때다. 외할아버지가 좌익들의 죽창에 돌아가시고, 혼자 삼남매를 키우시느라 고생만 하시다가 돌아가셨다. 외할머니마저 돌아가시자 외삼촌 두 분은 10대 후반에 일자리를 찾아 대처로 떠나셨다. 당시 시골은 호적정리를 제때 하지 않아, 외할머니가 돌아가신 지 10여 년 뒤에 사망신고를 하였다고 한다. 1975년 무렵 외가의 집안 어른들이 모여서 돌아가신 분들의 호적을 정리하기로 했단다. 그렇게 해서 6.25 직전에 돌아가신 외할아버지를 비롯하여 외할머니, 인민군에 지게꾼으로 잡혀가 행방불명된 작은 외할아버지까지 사망 신고도 하게 되었다. 그땐 아직 작은 외할머니가 살아 계실 때였다.

그런데 외가 어른들은 좌익 빨치산의 죽창에 찔려 순국한 외할아버지는 행방불명된 것으로, 인민군의 지게꾼으로 잡혀간 작은 외할아버지는 좌익 빨치산의 죽창에 찔려 순국한 것으로 사실을 뒤바꿔 사망신고를 하였다.

이유인즉슨 순국자 유족연금을 타려면 순국자의 배우자가 살아 있는 것이 유리한데 살아계신 작은 외할머니를 순국자 배우자로 하기 위해 그렇게 했다는 것이다. 순국자 유족이 된 작은 외할머니는 순국자 유족연금을 받게 되었다. 문제는 어머니와 아버지, 외삼촌들은 외할아버지 형제 죽음의 사실관계가 뒤바뀐 줄도 모르고 있었다.

어머니보다 두 살 아래인 큰외삼촌은 일찍 고향을 떠나 봉화군 석포리에 살면서 아연광산에 다녔다. 내가 다리 1차 수술을 받기 위해 세브란스병원으로 갈 때, 아버지와 외삼촌댁에서 하룻밤을 묵기도 했다. 그 후 큰외삼촌은 가족을 데리고 부산으로 이사를 가서 부두노동자로 일하셨다. 우연히 국가유공자 유가족 지정 관련 뉴스를 보게 되었다. 그때 큰외삼촌은 "아버지가 좌익의 죽창에 돌아가셨다고 들었는데 왜 우리는 국가유공자가 아닐까"하고 생각하였다. 큰외삼촌이 부랴부랴 사실 관계 확인에 나섰다. 아뿔싸! 이게 어찌된 일인가? 큰외삼촌은 이제야 외할아버지 형제의 사망원인이 뒤바뀌어 있는 것을 알게 되었다.

그 후 한동안 아직 하당리에 살고 계시던 작은 외할머니와 외 5촌, 아버지, 큰외삼촌 사이에 엄청난 갈등이 있었다. 큰외삼촌은 아버지와 어머니를 크게 원망하셨다. 어머니에게는 "아버지의 죽음이 뒤바뀌어 있는데 누님은 그동안 뭐하셨냐?"고, 아버지에게도 "매형은 왜 한마디도 하지 않고 가만히 있었냐"며 다그치듯 몰아붙였다고 했다.

결국 큰외삼촌은 수년에 걸친 소송으로 결국 사실관계를 바로 잡았다. 큰외삼촌은 유가족으로 보훈처에 등재되었다. 큰외삼촌은 돌아가시기 전까지 10여 년 동안 유족연금을 받았다. 작은 외삼촌도 초등학교를 졸업하자마자 일찍이 고향을 떠나 객지를 떠돌았다. 도시에서 공장에 다니던 작은 외삼촌은 백마부대 소속으로 파월장병이 되어 월남전에 참전했다. 그때 받은 돈으로 서울에서 작은 사업을 하시다가 사기를 당했다고 한다. 그 뒤 화를 이기지 못하고 방황하다가 20대 중반의 나이에 스스로 목숨을 버리고 말았다. 작은 외삼촌이 돌아가시자 어머니는 식음을 전폐하시고 툇마루에 멍하니 앉아 하늘만 바라보던 모습이 지금도 생생하게 기억이 난다.

이제 외가에는 할아버지와 외할머니, 두 분의 외삼촌 모두 돌아가셨다. 어머니 형제들 중 어머니만 살아 계신다. 좌익과 우익간의 적대적 대결의 피해가 평범한 우리 외가 집안을 고통의 수렁 속으로 빠뜨렸다. 나는 이러한 가족 간의 갈등이 벌어지는 것을 지켜보면서 자랐다. 어머니는 그것을 모두 지켜보시면서 가슴 속에 삭이고 모두 참아내셨다. "어머니! 어머니를 존경합니다. 그리고 자랑스럽습니다."

아버지의 따뜻한 등과
2차 다리수술

초등학교 4학년 때, 신촌 세브란스 병원에서 1차 다리 수술을 받았다. 아버지가 송아지를 키워 팔아서 마련한 돈으로 수술을 받았다. 하지만 시기가 너무 늦어 완치가 어렵다는 의사 선생님 말씀을 들었다. 수술 덕분에 굽혀지지 않는 벋다리지만 두 발로 걸을 수 있다는 것에 행복을 느끼면서 초등학교를 졸업하였다. 완치가 되지 않은 다리는 중학교를 졸업할 무렵에는 다시 왼쪽 다리가 반대로 휘어져 있었다.

고등학교 3년을 다니는 내내 왼쪽 다리가 바깥쪽으로 휘어지니 걸을 때마다 통증이 찾아왔다. 발뒤꿈치가 땅에 닿지 않고 하늘로 치솟았다. 서서 있을 경우는 왼쪽다리가 활처럼 굽어져 있었다. 굽어진 다리는 겉으로 보기에도 흉했다.

고등학교 졸업식 때 친구 용덕이와 함께 찍은 기념사진(오른쪽이 필자).

1980년 고등학교를 졸업하고 혼자서 대학입시를 준비하고 있을 때였다. 아버지가 내게 말씀 하셨다. "재현아! 네 다리를 그냥 두어서는 안 되겠다. 이번에는 제대로 네 다리를 수술해야겠다." 아버지가 여기저기 병원을 알아보셨다. 서울시 동대문구 신설동에 있는 동서울병원이 유명하다는 것을 아버지가 아시게 되었다.

동서울병원은 정형외과 분야로 유명했다. 규모도 상당한 병원이었다. 아버지는 병원만 말씀하시고 삼촌과 함께 병원에 가서 상담을 받으라고 하셨다. 당시 나는 서울 성수동에서 일하고 있는 막냇삼촌 집에서 친구와 대학입시 공부를 하고 있었다. 나는 이참에 굽어진 다리를 절단하고 의족을 하고 싶었다. 삼촌과 함께 동서울병원에 가서 다리 치료와 관련한 상담을 받았다.

문제는 수술비용이었다. 1980년 당시 의족 수술을 하려면 80만 원 정도의 비용이 든다고 했다. 그 많은 돈이 우리 집에 있을 리가 없었다. 일단 아버지께 80만 원의 비용이 들어간다고 말씀을 드렸다. 아버지는 알았다고 대답하시고 다른 말씀은 없었다.

1970~80년대만 해도 소아마비 장애를 가진 이들을 흔히 볼 수 있었다. 소아마비 예방접종이 제대로 알려지지 않았고, 홍보를 해도 제때 접종하지 않았다. 시골에서는 아예 예방접종 자체를 잘 모르기도 했다.

아버지는 오토바이 한 대를 사서 타고 다니셨다. 아버지는 오토바이를 타고 나의 다리 수술 관련해서 어떤 유효한 정보를 얻고자 울진읍내 여기저기를 수소문하셨다. 소아마비 장애를 가진 분이 다리 수술을 했다는 소문을 들으면 반드시 찾아가서 만나셨다.

무슨 수술을 어떻게 받았는지, 효과는 있는지, 비용은 얼마인지 등을 꼼꼼히 따져 물으셨다. 그러다가 소아마비 장애를 가진 아버지의 후배 분이 다리를 수술하러 전남 여수에 다녀왔다는 얘길 들으셨다.

아버지는 지체 없이 그 분을 찾아가셨다. 어디에 있는 어느 병원에서 무슨 수술을 받았냐고 물으셨다. 전라남도 여수시 율촌면 신풍리에 있는 여수애양재활병원이었다. 아버지는 병원의 주소와 전화번호를 물어보고 바로 여수애양재활병원에 전화로 문의했다. 병원에서는 다리 상태를 보지 않고는 자세히 말씀 드릴 수 없다며 병원으로 찾아오라고 했다. 아버지는 먼저 전화로 진료예약을 했다.

여수애양재활병원은 1909년 포사이트 선교사가 길에 쓰러진 한센병(나병) 환자를 치료한 것이 계기가 됐다. 1911년 전라도 광주군 효천면 봉선리에서 우월순 선교사에 의해 광주 나병원으로 시작하여, 1927~1928년에 여수로 단계적으로 이전하였다. 1966년에는 한센병 이동진료반 운영을 시작하고, 이듬해인 1967년에는 '여수애양재활병원'으로 개칭했다. 병원건물도 현대식으로 건축하면서 일반 지체장애자와 나환자를 함께 재활수술하는 재활병원으로 거듭났다.

나는 아버지와 함께 예약한 날짜에 맞춰 여수애양재활병원으로 갔다. 동해인 울진에서 한려해상국립공원이 있는 남해의 여수까지 가는데 꼬박 하루하고도 한나절이 더 걸렸다. 주소 하나만 들고 초행길을 아버지와 나는 버스와 기차를 갈아타면서 물어물어 찾아갔다.

병원에서 내 다리를 진찰한 의사 선생님은 다리를 잘라서 붙이는 접합수술을 해야 한다고 얘기했다. 당시 나는 그 얘기가 무슨 뜻인지 잘 몰랐다. 아버지는 수술비용이 궁금하셨다. 수술비용은 동서울병원의 절반도 되지 않는 30만 원이었다. 비용이 30만 원이라고 하자 아버지는 가능한 최대한 빨리 수술 날짜를 잡아달라고 병원에 부탁했다. 당시 여수애양재활병원은 지체장애 전문재활병원으로 유명했다. 그러다보니 전국에서 환자들이 몰려와 수술을 받으려면 최소한 6개월에서 1년까지도 걸린다고 했다. 아버지는 나를 대기 순번에 올려달라고 하고, 다시 집으로 돌아왔다.

이듬해 경북대 철학과에 입학했다. 울진종고 동기로 경북대 법학과에 입학한 친구 광진이와 둘이서 경북대 후문에 방을 하나 얻어서 자취를 했다. 중·고등학교 6년 내내 자취를 한 나는 자취생활에 별 어려움이 없었다. 어머니와 광진이 어머니가 갖다 주신 그릇 몇 개만 갖고 자취생활을 시작했다. 광진이와 자취생활 하면서 재미있는 일화가 하나 있다. 광진이는 나보다 10여 년 일찍 사법시험에 합격해 지금 부장판사로 재직 중이다. 요즘도 그때 일을 얘기하면서 옛 추억을 떠올리곤 한다.

옛날 시골에는 한 집에서 대여섯 마리 닭을 키우는 것이 일반적이었다. 그런데 우리 집에서는 닭을 기르지 않았다. 닭은 대체로 벌레도 잡아먹지만 낟알 곡물을 주로 먹었다. 할아버지는 '사람 먹을 곡식도 부족한데 닭에게 무슨 곡식이냐'며 닭을 기르지 않았다. 중·고등학교 시절에는 계란을 한번 실컷 먹어 보는 것이 최고의 꿈이었다. 명절이나 제사 아니면 소풍갈 때 나 한 두 개 정도 먹어보는 것이 고작이었다.

광진이에게 얘기했다. "우리 계란 한번 실컷 삶아 먹자." 그래서 계란 한판을 샀다. 계란 한판 30개를 모두 삶았다. 그리고 누가 더 많이 먹는지 내기를 했다. 광진이는 7개를 먹더니 도저히 못 먹겠다고 포기했다. 나는 10개 정도를 먹으니 속이 니글니글 거리고 이상해졌다.

내기에는 이미 이겼는데도 삶은 계란에 고추장을 발라서 7개를 더 먹었다. 삶은 계란 17개, 광진이보다 10개를 더 먹었다. 먹기 내기만큼 미련스러운 짓은 없다고 했다. 그 미련스러운 짓으로 한동안 입에서는 삶은 계란 썩은 냄새가 나고, 뭘 먹든지 소화도 제대로 되지 않았다. 그 이후 꽤 오랫동안 계란은 쳐다보지도 않았다.

그렇게 삶은 계란에 대한 추억도 만들며 대학생 생활에 적응해 갈 때였다. 입학한 지 두 달쯤 되었을 때였다. 아버지에게서 연락이 왔다. 다리 수술 날짜가 잡혔다고 했다. 다리 봉합 수술은 여름에 해야 잘 된다고 해서 6월에 하는 것으로 잡혔다. 수술하고 재활 치료하는데 최소한 3개월은 걸린다고 했다. 그렇게 되면 학기도 마칠 수 없는 상황이라 학교에 휴학계를 내고 고향집으로 왔다. 집에서 쉬면서 수술준비를 했다. 큰 수술을 하려면 건강해야 버틸 수 있다고 해서 아버지 어머니가 이것저것 보신할 만을 것을 챙겨주었다.

아버지와 함께 수술을 받기 위해 여수애양재활병원으로 갔다. 병원에서 바로 입원수속을 받고 입원했다. 수술은 2~3일 후로 예정되어 있었다. 그 사이 다리 상태를 살펴보면서 수술준비를 했다. 마침내 수술 날이 왔다. 아버지가 수술실 들어가기 전에 한마디 하셨다. "재현아, 수술 잘 될 거다. 이번 수술만 마치면 두 발로 걸을 수 있다."

아들의 다리 수술을 위해 갖은 일을 마다하지 않은 아버지를 생각하니 나도 모르게 눈물이 핑 돌았다. 수술실에 들어가고 얼마나 지났을까? 눈을 떠보니 수술실이 아닌 입원실이었다. 벌써 수술이 끝난 것이었다. 이미 10여 시간이 지난 뒤였다. 몸을 움직일 수가 없었다. 얼굴과 팔을 제외하고 다리부터 가슴까지 통깁스를 하고 있었다. 깁스를 한 상태라 굽었던 다리는 쫙 펴져 있었다.

여수애양재활병원에서 다리 수술 후, 인근 조씨 여인숙에서 3개월 동안 있을 당시 사귄
장애인들과 함께 찍은 사진(뒤쪽 누워 있는 사람이 필자).

의사 선생님이 내게 다리수술 과정에 대해 설명해 주었다. 양쪽 다리를 정밀검사 해보니 길이가 6cm나 차이가 났다. 그래서 긴 쪽 다리의 대퇴부를 절단해서 자치기 놀이 할 때의 메뚜기(또는 알)처럼 깎아서 붙였다고 얘기했다.

당시 내 키가 181cm 정도였는데, 175cm로 줄게 되었다. 수술하기 전에 두 다리를 모두 절단한다는 것은 전혀 몰랐다. 깨어 보니 양쪽 다리를 모두 절단하고 봉합수술을 한 상태였다. 만약 미리 알았다면 겁이 나서 못하겠다고 도망갔을지도 모른다. 수술은 성공적이라고 했다. 이제 깁스를 완전히 풀 때까지 지켜보는 것만 남았다. 그때 여수애양재활병원에서 수술을 받은 환자들은 병원 인근에 있는 여인숙에서 장기체류하면서 병원진료와 재활치료를 받았다. 대부분 나처럼 오는 데만 하루이틀 걸릴 정도로 멀리서 온 환자들이라 수술을 받고 곧바로 집에 갈 수도 없었다.

또 수시로 외래진료를 받아야 하므로 환자들 대부분은 병원 근처에서 장기 숙박을 했다. 병원 옆으로는 '권씨네 여인숙', '배씨네 여인숙', '조씨네 여인숙' 등 대부분 주인의 성씨를 단 이름의 여인숙들이 줄지어 있었다. 이른바 여수애양재활병원 환자들을 위한 여인숙 촌이었다. 전국에서 환자들이 찾아오다

보니 인근 가정집에서도 월세를 살 정도로 수요가 많았다고 한
다. 여인숙 구조는 방마다 연탄아궁이가 있고, 취사를 할 수 있
도록 주방을 갖추고 있었다. 나도 수술을 하고 3개월 정도를
여인숙에서 살았다. 다리를 벌려서 부목을 대고, 깁스를 풀 때
까지 3개월 동안 누워서 생활했다.

밥도 누워서 먹고, 대소변도 누운 채로 처리했다. 아버지와
어머니가 간호해 주시지 않으면 아무것도 할 수 없었다. 아버
지와 어머니가 교대로 돌아가며 간호를 하셨다. 어머니는 집안
일과 밭농사 논농사를 하셔야 했기에 주로 아버지가 간호를 하
셨다. 집에 한번 다녀오려면 최소 3일은 걸렸다.

어머니가 오실 때에는 집에서 쌀과 보리를 가지고 오셨다.
어머니가 오시면 한시도 가만히 앉아 계시지 않았다. 나를 살
펴보고 챙기고 나선 동네 사람들과 어울려 갯벌에 가서 바지락
이나 굴 등을 채취해서 국이나 반찬을 해주셨다.

어머니와 아버지가 안 계시면 나는 아무것도 할 수 없었다.
두 분 다 일이 생겨서 집으로 가실 때면 나를 옆방 보호자에게
부탁하고 가셨다. 나는 혼자 남게 되면 잘 먹지 않았다. 혹시라
도 변을 보게 될까봐 두려웠다. 잘 모르는 사람에게 도와 달라

고 말하는 것이 쑥스러웠다. 무엇보다 다른 사람에게 변 누는 것을 보여주고 싶지 않았다. 하루 종일 누워서 생활하다 보니 지루하고 답답했다. 먹는 것부터 대소변까지 도움을 받아야 하니 할 수 있는 것도 없었다. 어머니와 아버지가 아니면 딱히 말할 상대도 없었다.

그런데 어느 날, 내가 지내고 있는 여인숙에 고등학생쯤 되는 여자 아이도 묵게 되었다. 그 여자 아이도 나처럼 통깁스를 한 상태였다. 통깁스를 하면 누워 있어야 하므로 혼자서는 이동도 할 수 없었다. 바퀴달린 짐 캐리어 같은 것을 배 쪽에 대고 어머니나 아버지가 밀어 주어야 이동할 수 있었다. 6월에 수술을 받아 한 여름이라 낮에는 방문을 열어두고 생활했다. 환자들은 대부분 누워있는 상태로 문 앞까지 나와서 바람을 쐬곤했다. 맞은편 쪽 방에 묵고 있는 그 여자 아이도 나와 있어서 내가 먼저 말을 건넸다.

그 여자 아이도 답답했는지 기다렸다는 듯이 말도 조잘조잘잘 하고 성격도 쾌활하고 밝았다. 집안 형편이 좋지 않아 초등학교만 마치고 공장에 다니고 있었다고 했다. 나이도 내 여동생 뻘이라 우리는 금세 오빠 동생하며 친해졌다. 봉투 만드는 공장 다니던 이야기부터 자신을 좋아했던 남자가 있었는데 차

버렸다는 둥 자신이 살아온 얘기를 아무렇지도 않은 듯이 주저리주저리 신나게 말했다.

그렇게 나는 여인숙에서 지내는 동안 그 여자아이랑 단짝이 되어 지냈다. 눈만 뜨면 우리는 만났다. 어머니에게 부탁해 내가 그 여자아이 방 앞으로 가든지, 아니면 그 여자아이가 자기 엄마에게 부탁해서 내 방 앞으로 오곤 했다. 그 여자아이랑 맨날 붙어 지내니, 어머니가 "넌, 엄마가 좋냐? 저 여자애가 좋냐?"며 질투하시듯 말하시곤 하였다.

하루는 한센병 환자에게 큰 실수를 한 적도 있었다. 여수애양재활병원은 한센병 전문 병원인 만큼 한센병 환자가 많았다. 누워 있다가 밖을 내다보니 누가 손을 흔들고 지나가고 있었다. 그런데 손에는 고구마를 들고 있었다. 어머니에게 말했다.

"엄마, 저 사람 고구마 들고 간다. 아, 고구마 먹고 싶다."

어머니가 깜짝 놀라면서 조용하게 말하셨다.

"재현아, 고구마 들고 가는 것 아니야. 저 사람은 나병환자야. 손이 문드러져서 그렇게 보이는 거야. 그런 소리하면 안 된다."

나병환자 얘기는 많이 들었지만 실제로 본 것은 이번이 처음이었다. 어머니 얘기를 듣고 나니 진짜 고구마를 들고 가는 것으로 착각에서 한 얘기였지만 죄송스러웠다. 그 후로 나병환자를 종종 볼 때마다 어머니 말씀이 떠올랐다.

그 여자아이와 지내다 보니 3개월도 금방 지나갔다. 마침내 통깁스를 풀게 되었다. 다리는 바싹 말라있었지만 곧게 펴져 있었다. 굽어있던 다리가 펴져 있으니 보기도 좋고 기분도 좋았다. 3개월 동안 누워 있었더니 허리를 굽히지 못해 바로 일어날 수는 없었다. 깁스를 풀고도 이틀 정도 다리 상태를 지켜보았다. 의사 선생님이 수술은 성공적이라고 말했다. 아버지도 나도 "선생님! 고맙습니다"라고 연신 고맙다는 인사를 드렸다.

아직은 제대로 걸을 수 없어 다시 아버지 등에 업혔다. 초등학교 4학년 때 아버지 등에 업혀서 세브란스병원에 갈 때가 생각났다. 나를 업고 어머니 6촌 동생 집을 찾기 위해 4시간 동안이나 헤매던 아버지 생각이 났다.

시큼한 아버지 땀내가 났다. 아버지 등은 따뜻했다. 나도 모르게 아버지를 꼭 껴안았다. 스무 살이 넘은 나는 아버지 등에 업혀 기차를 타고, 다시 버스를 타고 집으로 돌아왔다.

최근 여수 인근에서 모임이 있어 집사람과 같이 내려갔다. 오랜만에 여수애양재활병원을 찾아보았다. 여수애양병원으로 이름만 바뀐 채 그대로였다. 내가 수술 받았던 구 건물을 그대로 두고 현대식 병원건물이 새로 들어서 있었다. 3개월 정도를 묵었던 여인숙촌은 지금은 운영되지 않지만 건물은 그대로 있었다. 감회가 새로웠다. 돌아가신 아버지가 생각났다. 아버지가 보고 싶어졌다.

나를 키운 8할은
어머니 인내심

　나는 어릴 때 대부분을 증조할머니 손에서 자랐다. 초등학교에 들어가기 전에는 축 늘어진 증조할머니 젖을 빨면서 잠들었다. 초등학교를 입학하고 나서도 증조할머니 젖가슴을 만져야 잠이 왔다. 어머니 옆에서 잠들었다가도 깨어나, 증조할머니가 없으면 울면서 증조할머니 옆에 가서야 다시 잠들었을 정도였다. 동생들도 마찬가지였다. 막내 동생은 늘 증조할머니 젖을 물고 있는 것을 자주 보았다.

　나와 동생들이 증조할머니 손에서 자라게 된 까닭이 있다. 우리 집에서 노동할 수 있는 인력이 어머니뿐이었다. 아버지는 젊은 시절 노름판에서 얻은 폐결핵으로 인해 각혈을 하며 주로 누워 계셨다. 밭농사나 논농사일은 엄두도 내지 못했다. 젊은 일꾼 역할을 할 삼촌들은 일터를 찾아 모두 도시로 떠나버리고 없었다. 할아버지는 6.25 전쟁 직후, 퇴각하는 인민군의 지게꾼으로 끌려가다가 도망쳐 겨우 목숨을 건졌다.

6.25가 터지고 후퇴했던 국군과 유엔군의 반격으로 인민군이 퇴각할 때, 우리 마을 사람들은 인민군 짐꾼으로 많이 끌려갔다. 그때 할아버지도 인민군 지게꾼으로 끌려가다 겨우 도망쳐 나왔는데 이번엔 경찰서로 불려가 호된 곤욕을 치렀다.

인민군 지게꾼으로 끌려간 것이 오히려 인민군 부역자로 몰려 심한 고문을 당하셨다. 할아버지는 그 후유증으로 심한 노동을 할 수 없었다. 지게질을 해도 조금밖에 지지 못하셨다. 늘 숨이 차서 헉헉거리는 모습을 어릴 때 많이 보았다.

얼마 되지 않은 논과 밭이지만 논일을 하고, 밭일을 하고, 산으로 가서 땔감을 할 사람은 어머니뿐이었다. 어머니는 잠시라도 쉴 틈 없이 논으로, 밭으로, 산으로 하루 종일 일하러 다니셨다. 밤이 되면 또 길쌈을 하셨다. 낮의 노동으로 인한 쏟아지는 졸음을 쫓아가며 한 해 8필 정도의 삼베를 짜셨다. 그렇게 어머니의 노동과 땀방울의 결실은 아버지 약값과 나와 동생들 학비로 들어갔다.

어릴 때 재길이 동생을 안은 어머니와 함께 찍은 사진.

중학교에 진학하면서 가장 힘들었던 것은 증조할머니와 같이 잘 수 없다는 것이었다. 증조할머니 젖가슴을 만지며 자던 버릇으로 인해 증조할머니가 옆에 없으니 편히 잠들지도 못했다. 자취생활을 하면서 견딜 수 없이 외로운 것은 증조할머니가 보고 싶을 때였다. 토요일 오전 수업이 끝나면 곧바로 자취방에서 짐을 챙겨 집으로 향했다.

울진읍내에서 출발하여 하당리 본가까지 30리 거리를 걸어가면 3시간 반 정도는 걸렸다. 지금도 기억하는 것은 토요일 저녁 때, 집에 도착하면 증조할머니와 아버지가 나를 반겨 주었다. 어머니와 할아버지는 일하러 나가고 안 계셨다. 연로하여 기력이 많이 쇠해지신 증조할머니는 자리에 누워계셨다. 아버지는 덥수룩해진 수염을 깎지도 않으신 채, 툇마루에 앉아 기침을 하다 각혈을 하시곤 했다. 증조할머니와 아버지를 만나니 반가웠지만 하루가 다르게 약해지시는 증조할머니와 폐결핵으로 힘들어 하시는 아버지의 모습을 보니 마음이 무거웠다.

증조할머니는 내가 중학교에 입학하고 2개월이 지난 5월, 유달리 진달래가 흐드러지게 만발한 어느 날, 나를 홀로 남겨두고 저세상으로 떠나가셨다. 얼마나 슬프게 많이 울었던지 두 눈이 퉁퉁 부었던 기억이 생생하다. 그 후 진달래만 보면 나를 그토록 아껴주시던 증조할머니가 생각난다. 증조할머니와의 아련한 옛 추억에 젖어들면 알 수 없는 감정이 가슴 깊은 곳에서 밀려오곤 한다.

1940년 경진생인 어머니는 올해가 팔순이시다. 어머니는 팔십 평생을 오로지 집안 어른과 자식들을 위해 일해 오셨다. 18살에 같은 동네 19살인 아버지에게 시집와서 집안의 가장 역할을 떠맡으셨다.

시집와서 보니 시할아버지와 시할머니, 시아버지, 시어머니, 젖먹이 시동생까지 층층시하였다. 식사하고 잠시 숨 돌릴 사이도 없이 일을 해야 하셨다 대한민국의 모든 어머니들이 그러하듯이 내 머리 속의 어머니는 늘 '인내하시는 존재'이자 '넓게 포용하시는 존재'이시다. 어머니를 생각하면 항상 인내심과 포용력이 떠오른다. 인내심의 노벨상이 있다면 나는 당당히 어머니를 추천하고 싶다.

어머니를 볼 때마다 참고 견뎌 내시는 인내심과 넓게 안으시려는 포용력은 어디서 나올까 궁금했다. 어머니는 아무리 어려운 일이 닥쳐도 그 일이 끝날 때까지 꿋꿋하게 견뎌 내셨다. 추측컨대 어머니가 어떤 극한적인 어려움도 견뎌냈던 힘은 '어머니의 노동'이 아닐까 생각해 본다. 나의 눈에 비치는 어머니는 늘 일을 하고 계셨다. 잠시도 편히 쉬는 어머니를 본 기억이 별로 없다. 어머니는 힘든 상황에 처할수록 더 많은 밭일과 논일을 하셨다. 어머니는 주어진 힘든 상황을 더 힘든 일을 통해 견디고 계셨다.

나도 어머니로부터 참고 견디는 힘을 그대로 배웠다. 아무리 어려운 사건이라도 계속해서 끝까지 견디고 견디다 보면 결말은 나게 마련이다. 좋지 않은 일이라면 피해를 최소화하고, 좋은 일이라면 성과를 극대화 할 수 있었다. 어머니는 다른 사람에 대해 얘기하실 때 단점을 얘기하지 않으셨다.

항상 그 사람의 좋은 점인 장점을 얘기하셨다. 다른 사람들이 어떤 사람을 호되게 비난할 때도, 어머니는 "그게 그 사람의 전부는 아니다. 그 사람의 일부를 그 사람의 전부로 보아서는 안 된다"고 얘기하시곤 했다. 나는 어머니가 다른 사람에 대한 욕을 하시는 것을 본 적이 없다.

그런 면에서 나도 어머니를 많이 닮으려고 노력한다. 나도 다른 사람 욕을 하지 않는다. 다른 사람을 나쁘게 얘기하지 않고 그 사람의 좋은 점만을 보려고 한다. 어머니는 화해시키고 중재하는 역할을 잘 하신다. 삼촌들이나 동생들이 싸우면 꾹 참고 들으신 후 어머니가 해법을 내시면 다들 한발 물러나 화해했다. 어머니는 집에 찾아오는 사람은 누구나 반겨 맞아준다. 할아버지와 할머니 모두 돌아가셨지만 집안 친인척들은 우리 집을 제일 오고 싶어 한다. 어머니가 계시다고 하면 특별한 일이 없어도 꼭 들렸다 가신다.

어머니의 인내심과 포용력이 어머니의 살아오신 내력에 고스란히 담겨 있다. 어머니가 초등학교 2학년 때, 외할아버지가 돌아가셨다. 그것도 같은 동네에 사는 좌익들이 휘두른 죽창으로 허망하고 무참하게 돌아가셨다. 어머니의 충격은 이루 말로 표현할 수 없었을 것이다. 그 후 어머니는 학교를 그만두고 외할머니와 여기저기 품팔이하러 다녔다고 했다. 당시 시골형편으로 집안 가장이 일을 하지 않으면 먹고 살 수가 없었다. 그런데 가장인 외할아버지가 무참하게 돌아가시니까 어머니는 학교를 다닐 수가 없었다.

초등학교 2학년인 엄마가 맏이라 아래로는 코흘리개 외삼촌 둘이 올망졸망하게 있었다. 어머니는 먹고 살기 위해 외할머니와 같이 다른 집 밭일도 하고 집안 허드렛일도 거들어 주면서 살아가야 했다. 그래서 어머니의 최종학력은 초등학교 2년 중

어머니는 팔십 평생을 오직 집안 어른과 자식들을 위해 일해 오셨다. 2019년 3월,
어머니 팔순을 맞아 우리 4남매는 작지만 풍성한 팔순 잔치를 해드렸다.

퇴가 되었다. 외삼촌 둘은 외할머니와 어머니 덕분에 어렵사리 초등학교는 졸업했다.

어머니가 16살이 되었을 때라고 한다. 어머니는 동네에서 마음씀씀이도 괜찮고, 인물도 시골에서 빠지지 않은 편이라 괜찮은 신붓감으로 소문나 있었다. 다들 "숙낭이는 누구한테 시집갈까"라는 얘기가 자자했다고 한다. 할아버지가 동네를 다니시다가 어머니의 소문을 들으시고는 외가 어른들에게 달려가서 며느리 삼게 해달라고 졸랐다고 한다. 그렇게 할아버지가 2년 동안 외가 어른들을 설득한 끝에 어머니가 아버지와 결혼하게 되었다고 한다.

외할머니도 어머니가 결혼하시고 6년 뒤에 돌아가셨다. 외할아버지 돌아가시고 어머니와 외삼촌 둘을 키우기 위해 고생만 하시던 외할머니도 다소 이른 연세에 세상을 등지셨다. 어머니가 결혼도 하고 자식도 낳을 것을 보고선 당신께서 할 역할이 끝났다고 생각하셨는지 외할아버지 곁으로 가셨다.

외삼촌들은 초등학교를 졸업하고 시골에서 날품팔이를 한동안 했다고 한다. 10대 후반이 되어서는 다들 외지로 돈 벌러 나갔다고 했다. 큰외삼촌은 석포리의 아연광산에서 일하시고,

작은 외삼촌은 좀 일찍 군에 입대해 파월장병으로 월남전에 참전했다가 돌아오셨다.

작은 외삼촌은 전역을 하고 돌아 왔을 때, 국방색 니쿠사쿠(카키색 배낭)에 커피, 통조림, 씨레이션(C-ration, 통조림식 야전식량)을 가득 넣어 오셨다. 아버지와 어머니, 동생들과 신기해하면서도 맛있게 먹었던 기억도 있다.

작은 외삼촌은 파월장병으로 참전해 받은 월급으로 서울에서 사업을 시작했다고 한다. '믿는 도끼에 발등 찍힌다'고 믿었던 고향 사람에게 사업자금을 몽땅 사기를 당하고 말았다. 지인의 배신과 사기에 허탈해하던 작은 외삼촌은 시골로 내려와 외가 집안에 다시 사업을 하겠다며 돈을 빌리려 다녔다고 한다. 아무도 빌려주지 않자 고민하던 작은 외삼촌은 20대 중반에 스스로 목숨을 버리고 말았다. 내가 중학교에 다닐 때였다.

작은 외삼촌의 소식을 듣고 집에 오니 어머니는 툇마루에 쭈그리고 앉아 밥도 안 드시고, 먼 산만 쳐다보며 하염없이 눈물 흘리시고 계셨다. 초등학교 2학년 때 외할아버지 돌아가시고, 어머니 결혼하고 6년 만에 외할머니 돌아가시고, 또 이렇게 작은 외삼촌까지 허망하게 돌아가시니 어머니에겐 애간장을 토막토막 끊어내는 아픔이었을 것이다. 어머니는 아마 그때부터 마음속으로 어렵고 힘든 일을 이겨내기 위해 인내심을 터득했는지도 모른다.

어린 나이에 내가 보아도 어머니는 참 많은 일을 하셨다. 어머니는 다른 집 남자들이 하는 일을 혼자 다 하시고, 살림도 해야 하셨다. 가을이면 붉게 익은 홍시도 내다 팔고, 삼촌들이 만들어 준 장작도 내다 팔았다. 당시는 울진과 죽변에 오징어가 많이 잡혀 오징어 말리는 데 필요한 오징어 장대(당시는 이까 장대로 많이 불렀다)가 많이 필요했다.

삼촌들과 어머니는 소나무를 깎아서 길이가 10m 정도 되는 장대를 만들었다. 4~5개씩 묶어 삼촌들은 등에 지고, 어머니는 머리에 이고 가서 울진시장이나 죽변시장에서 팔았다. 시장에 가는 날이면 어머니와 삼촌들은 이른 새벽에 출발했다. 울진시장이나 죽변시장까지 30리 길을 걸어갔다가 오징어와 고등어 등 해산물과 생필품을 사서 다시 30리 길을 걸어와야 했기 때문이다.

어머니는 어린 시절부터 비극적 아픔과 고통을 겪으면서 인내하는 것을 몸으로 직접 체득하신 것 같다. 아버지와 결혼한 이후, 생긴 많은 어려움을 어머니는 당신이 체득한 고통으로 이겨내신 것 같다. 승화된 고통만이 푸른 하늘 속에서 자신을 감추고 현성하는 성스러움에 순수하게 반응하는 것처럼 말이다.

어머니는 결혼하자마자 길쌈을 하셨다고 했다. 70대 초반까지 하셨으니 50여 년 길쌈을 하신 셈이다. 고향 하당리에는 삼밭이 많았다. 7~8월이면 마을 여기저기에서 '삼굿'이라고 하는 삼 찌는 풍경을 볼 수 있었다. 삼굿은 개인이 하기 힘든 규모여서 보통 동네 사람들이 공동작업 형태로 이루어졌다.

삼굿 과정은 먼저 불을 피우는 돌 구덩이와 삼대를 넣는 삼 구덩이 2개를 옆으로 나란히 판다. 구덩이를 판 후 구덩이와 구덩이 사이에 수증기가 통하는 연도(煙道)를 낸다. 2m 깊이의 돌구덩이에는 통나무를 가득 쌓고, 그 위에 돌을 올린 후 통나무에 불을 붙여서 돌을 달군다. 달구어진 돌은 막대로 다진 다음 그 위를 흙으로 덮는다. 삼구덩이에는 삼대를 넣은 다음 가마니를 덮고서 그 위를 흙으로 덮는다.

돌구덩이에는 막대기로 구멍을 낸 다음 물을 부어서 고온의 수증기를 발생시킨다. 고온의 수증기가 연도를 통하여 삼구덩이로 옮겨 가면 이 열기로 삼이 쪄지게 된다. 삼찜이 아니라 삼

어머니는 외할아버지가 갑자기 돌아가시는 바람에 초등학교 2학년도 마치지 못하셨다.
70세가 넘으신 후 다시 한글을 배우신 어머니가 2017년 쓰신 시와 그림(왼쪽),
필자가 부산대학교 졸업 당시, 학사모를 쓴 어머니의 모습(오른쪽).

굿이라고 불렀던 것은 삼을 찔 때 부정 타지 말라고 고사도 함께 지내기 때문이라고 한다. 요즘은 예전처럼 삼굿을 하지 않고 주로 기계로 삼을 찐다고 한다.

삼베는 '새'로 품질을 구분하는데, 1새는 80올이다. 한 새라고 하면 40개의 구멍에서 나오는 날실을 말한다. 한 구멍에는 두 가닥의 실이 나온다. 35~36㎝의 한 폭에 들어가는 올수를 기준으로 6새부터 15새까지 나뉘며, 새가 클수록 곱다. 상품의 삼베는 6새 이상을 말한다.

어머니는 보통 7새 정도의 삼베를 짜셨다. 280개의 구멍에서 560 가닥의 날실로 짠 것이다. 어머니는 그렇게 한해에 8~12필 정도의 삼베를 짜셨다. 삼베는 40자가 한 필인데 엄청난 노동이 필요하다. 어머니는 50년 동안을 겨울 내내 밤을 지새워 가며 삼베를 짜셨다.

어머니는 그렇게 짜신 삼베를 꼭 필요할 때마다 한 필씩 팔았다. 아버지 약값으로 많이 쓰였고, 내가 사법시험을 준비할 때 고시원 비용으로 팔아주시기도 하셨다. 가정의 기둥이 아버지라면, 가정의 근원은 어머니이다. 우리 집안의 중심은 바로 당신 어머니이셨다. 어머니를 생각할 때마다 떠오르는 말이 있다. '여자는 약하지만 어머니는 강하다.' 셰익스피어가 남긴 명언이다. 어머니가 집안의 중심이자 근원이기 때문이다. 어머니는 배고파 우는 아이에게는 젖을 물린다.

어머니가 젖을 물리면 울어대던 아기는 울음을 그치고 언제 그랬냐는 듯이 젖을 빨게 된다. 아이는 금세 환한 얼굴로 행복해하며 방긋 웃는다. 어머니가 아니고서는 도저히 해결할 수 없는 사랑이다. 그래서 어머니가 희생하신 숭고한 노동의 가치는, 돈으로 결코 환산할 수 없다.

어머니는 아버지 대신 가장 역할을 하셨다. 어머니의 희생이 아니었다면 나를 비롯한 동생들의 지금은 결코 있을 수 없다. 어머니는 당신의 기쁨과 행복을 우리 자식들에게서 얻으며 찾으셨다. 힘이 부치고 괴로움이 밀려와도, 오직 우리 자식들 때문에 참고 인내하셨다.

혹 먹을 것이 부족할까봐 자신은 꾹 참고 드시지 않으셨다. 우리가 기쁘게 먹는 모습만 쳐다보아도 행복해 하셨다. 어머니 자신은 배우지 못했지만, 자식들은 끝까지 가르치고 배우게 하셨다. 이를 위해 밤낮을 가리지 않고 희생하셨다.

나는 어머니의 그런 모습을 볼 때마다 어머니의 가슴에 응어리진 슬픈 현실이나 갑갑한 현실을 이기는 방법이 일밖에 없구나 생각했다. 그러나 그게 아니었다. 어머니는 우리 집안의 근원이자 중심이었기 때문에 그리 하신 것이라는 것을 알았다. 내가 오늘 변호사 명함을 들고 다닐 수 있는 것은 어머니의 희생과 인내심 덕분이었다. 그래서 나는 당당히 말할 수 있다. 나를 키운 8할은 어머니의 인내심 때문이라고.

2장

새우잠을 자도

고래꿈을 꾸다

중·고등학교 6년
매일 일기를 쓰다

중학교에 입학하면서 일기를 쓰기 시작했다. 고등학교를 졸업할 때까지 근 6년 동안 일기를 썼다. 일기를 쓰지 않은 날이 1년 중 10일 안팎이었으니 거의 매일 쓰다시피 했다. 매일 일기를 쓴다는 것은 그만큼 생각이 많다는 것이다. 그날 있었던 일을 쓰는 것은 일기가 아닌 일지다. 일기는 깊이 생각하고 그 생각을 쓰는 행위이기 때문이다.

내가 몸이 불편하고 아프다보니 생각이 많아지고 고민이 깊어졌다. 토요일 오전 수업을 마치고 아픈 다리에도 울진읍에서 집까지 30리 길을 걸어왔다. 집에 오면 폐결핵에 걸려 몸이 바짝 말라가는 아버지가 툇마루에 앉아계셨다. 얼굴은 점점 시커멓게 변해가고 수염도 깎지 않으셨다. 아버지는 밭은기침을 하시다가 각혈을 심하게 하셨다. 그런 아버지의 모습은 항상 머릿속을 떠나지 않았다. 학교에 가서도, 자취방에 누워 있어도 자꾸만 떠올랐다. 학교에서 친구들과 놀아도 즐겁지 않았다. 무엇을 해도 즐거운 것이 없었다.

생각이 많아지면서 일기를 쓰기 시작했다. 어머니가 당신의 가슴속 고통을 육체적 노동을 통해 참아내듯이 나는 일기를 썼다. 일기를 쓰면서 생각을 정리하고 참아내야 할 것을 참아내고자 했다. 내일은 어떻게 살아야겠다는 다짐도 했다. 나에게 일기란 반성문이자 내일에 대한 미래계획서였다. 소설가 김연수의 일기에 대한 생각도 나와 비슷했다. 어느 신문 인터뷰에서 김연수는 일기를 쓰는 이유에 대해 이렇게 말했다.

"시간이 지난 뒤에 일기를 다시 보면 나를 객관화시켜 볼 수 있다. 당시만 해도 나에겐 절실한 문제였는데 일주일만 지나면 별다른 문제가 아니었던 적이 많다. 일기를 쓴다는 것은 인생을 두 번 살 수 있는 방법인 것 같다. 과거의 실수를 교정할 수는 없지만, 똑같은 상황은 되풀이되지 않도록 노력하면서 살 수 있다."

일기의 내용은 '우리 집은 왜 이렇게 불행할까?' '아버지만 아프지 않으면 우리 집은 행복하게 살 수 있을 텐데' 등 아버지의

고등학교 때 교내외 각종 백일장에 참여하여 받은 상장(위).
고등학교 2학년 봄 소풍 때, 한껏 폼을 잡고 찍은 사진(아래).

아픔에 대한 것이 많았다. 일기에서 아버지 얘기가 하루라도 빠진 적이 없었다. 일기를 쓰게 되면서 독서를 많이 하였다. 고등학교 때는 학교도서관 책임자를 맡아서 학교 도서관의 책은 모두 읽다시피 했다. 고등학교 2학년과 3학년 때는 학도호국단 문예부장을 맡았다. 글쓰기는 산문을 주로 썼는데 '제9회 국토통일에 관한 글짓기 교내 예선대회', '제6회 화랑문화제 행사 교내 문예경시대회', '문화의 달 교내 독서 감상문 대회', '교내 반공 글짓기 대회' 등 교내대회에서는 장원을 도맡아 했다. 울진문화원이 주최한 '제3회 성류제 학생 백일장'이나 경주 '신라문화제 학생 백일장'에 학교 대표나 울진군 대표로 참가하여 장려상 또는 가작을 수상하였다.

중학교 3학년 때는 문교부에서 실시한 고운말 쓰기 표어 공모전에 당선되는 등 나름 글재주를 보이기도 했었다. 6년 동안 썼던 일기장은 고향집에 보관해 두고 있었다. 사법시험을 준비할 때, 어느 날 집에 내려갔더니 일기장이 화장실에서 화장지 대용으로 사용되는 등 여기저기 굴러다니고 있었다. 일기장을 따로 보관해 둘까 하다가 그냥 모두 태워버렸다. 아버지를 원망하는 내용이 많았는데 아버지가 읽어보았을 것으로 생각하니 얼굴이 후끈거렸다. 아버지는 별 다른 말씀은 없으셨다.

두 달 만에 끝나버린
서울 유학

1980년 1월. 서울의 봄이라 불리던 해에 고등학교를 졸업했다. 대부분 2월에 졸업식을 하는데 내가 졸업한 울진종합고등학교는 1월에 졸업식을 했다. 1월 졸업식은 요즘이 트렌드인데 30년 이상을 앞서간 셈이다. 졸업식을 일찍 하는 것은 한 세대를 앞서갔지만 나는 전혀 그렇지 못했다.

막상 고등학교를 졸업하니 갈 곳이 없었다. 대학진학도 못하고 아무런 일도 하지 않고 있으니 앞길이 보이지 않았다. 아버지는 폐결핵으로 앓아누워 계시지 무엇을 하긴 해야 하는데 가슴만 답답할 뿐, 아무런 생각도 없었다. 하루는 아버지가 어머니와 나를 비롯하여 온 가족을 불렀다.

"재현아, 아마 내가 곧 죽을 것 같다. 병원에 갔더니 더 이상 약이 없으니 약을 먹지 말라고 한다. 내가 너희에게 해준 것이 없어 미안하다. 재현이가 장남이니 엄마를 잘 모시고 동생들을 잘 챙겨라"고 하시면서 헤, 헤, 헤 가쁜 숨을 몰아 쉬셨다. 아버지의 그 말씀에 동생들은 울음보가 터졌다. 어머니도 "왜 그런 말씀을 하시냐"며 눈물을 훔치셨다.

당시 아버지는 폐결핵으로 인하여 폐 한쪽은 완전히 망가진 상태였다. 한쪽은 1/3 정도가 망가져 있고 약을 드시지 않으면 매우 위험했다. 동생들은 눈물만 뚝뚝 흘리고 있고, 나는 아버지의 그 말에 오히려 신경질이 나서 아무런 말도 하지 않았다. 밖에는 눈이 내리고 있었다. 한 20cm 정도 쌓여 있었다. 나는 그대로 집을 뛰쳐나와 친구네 집으로 갔다.

친구를 만나 못 먹는 술을 마셨다. 내가 할 수 있는 것이 없으니 나 자신 답답하고 울화만 치밀 뿐이었다. 그때 친구 한 녀석이 닭을 서리해 잡아먹자고 했다. 눈이 내리는 겨울밤이라 다들 좋다고 했다. 다리가 불편한 나는 집을 지키고 있고, 나머지 친구들 셋은 10리 정도 떨어진 마을에 가서 장닭 한 마리를 서리해 왔다.

고등학교 2학년 때, 학교 안에 있는 연못에서 친구들과 물장난 치며 찍은 사진(위).
고등학교 졸업식 때 정든 친구들과 작별하며 찍은 기념사진(아래).

서리한 장닭을 백숙으로 푹 삶아 나와 친구들 넷은 오랜만에 포식했다. 소주도 1.8리터 됫병짜리 술을 두 병이나 나눠 마셨다. 만약 요즘 닭을 서리했다면 절도 범죄로 당연히 처벌을 받았을 것이다. 당시만 해도 시골에서는 그 정도의 넉넉한 인심은 아직 남아 있었다. 그렇게 술을 먹고 나서 친구들과 헤어져서 집으로 돌아왔다.

어머니는 내가 밤늦도록 돌아오지 않자 불을 켜놓은 채 주무시는지 인기척은 없고 불빛만 환하게 비치고 있었다. 방으로 들어가지 않고 툇마루에 그냥 앉았다. 방문을 열 용기가 나지 않았다. 곧 돌아가실 것 같다던 아버지가 정말로 돌아가신 것 같았다. 그래서 술도 취해서 툇마루에 잠시 누웠다가 그대로 잠들어 버렸다.

한참 잠을 자고 있는데 누가 다리를 주무르고 있었다. 눈을 떠 보니 어머니가 "재현아, 네가 왜 이러냐?"고 하시면서 내 다리를 주무르고 있었다. 어머니는 새벽이 되어도 내가 집에 들어오지 않자 방문을 열어 밖을 내다 보셨다. 그때 내가 툇마루에 누워 있었는데 내 몸 위로 하얀 눈이 10cm 정도나 쌓여 있어 깜짝 놀라셨다. 나는 술이 깨고 난 후 아버지에게 좀 심하다 싶을 정도로 말씀 드렸다.

"아버지, 어떻게 저와 동생들 앞에서 죽는다는 말씀을 하세요. 어떻게든 살아서 우리에게 무엇을 해주겠다고 하셔야지, 죽는다고 하시면 저와 동생들은 누구를 믿고 어떻게 살아갈 수 있어요?"

아버지는 가타부타 말씀도 안하시고 내 얘기를 가만히 듣고만 계셨다. 아버지에게 막 퍼붓듯이 얘기하고 나니 속이 후련해졌다. 나중에 확인했더니 병원에서 아버지에게 약을 먹지 말라고 한 것이 아니었다. 아버지가 약을 타러 갔을 때, 준비해둔 약이 모두 떨어졌으니 며칠 정도 기다리라는 거였다. 그런데 아버지는 더 이상 약을 먹어도 소용없다는 것으로 오해를 하셨다. '곧 죽을 것 같다'던 아버지의 그 사건은 그렇게 해프닝으로 끝났다.

아버지와의 해프닝이 있은 지 얼마 후였다. 울진종고 동기인 친구 광진이가 서울 가서 공부하여 함께 대학에 가자고 했다. 대학 본고사제도가 폐지된다는 소문도 있으니 대학입학예비고사만 잘 보면 대학에 갈 수 있다는 게 광진이의 얘기였다. 그때는 대학에 가려면 대학입학예비고사를 보고 난 후, 각 대학별로 치르는 본고사에 합격해야 했다.

본고사는 국어, 영어, 수학 중심이었다. 그해 여름, 1980년 '교육정상화 및 과열과외 해소방안'으로 7 · 30 교육개혁조치가 발표되었다. 핵심은 대학별 본고사 폐지였다. 대학입학은 예비고사 성적과 고교 내신 성적만으로 선발한다고 했다.

광진이는 나에게 "서울 가면 갈 곳이 있냐?"고 물었다. 나도 광진이에게 "너도 갈 곳이 있냐?"고 물었다. 광진이는 누나가 서울에 살고 있다고 했다. 나는 가만히 생각하니 나보다 두 살 위인 막냇삼촌이 서울 성수동에서 프레스 금형 가공 제작공장에 다니고 있었다.

막냇삼촌은 초등학교를 졸업한 뒤 일찌감치 서울로 올라갔다. 둘 다 갈 곳이 있다는 것을 확인하자 차비만 챙겨서 서울로 올라왔다. 서울에 올라와서는 막냇삼촌이 살고 있는 성수동 단칸방으로 갔다. 광진이도 누나 집에 가지 않고 막냇삼촌 집에서 함께 지내기로 했다. 허름한 단칸방에서 장정한 사내 3명이 동거를 시작했다. 나는 독서실에 등록하고, 친구는 매형의 도움으로 대영학원에 등록했다.

서울에 올라와 공부를 시작하고 두 달 쯤 되었을 때였다. 막냇삼촌이 공장에서 손가락이 3개가 절단되는 대형 안전사고가 발생했다. 소식을 들은 아버지가 울진에서 올라오셨다. 당시만해도 산업재해제도가 제대로 되어 있지 않아 아버지가 회사 측과 협의하여 합의하는 선에서 마무리 됐다. 졸지에 손가락 절단장애를 갖게 된 막냇삼촌은 현실로 받아들이기 힘들어했다. 사고 난 후 1주일쯤 되었을까, 막냇삼촌은 저녁마다 술을 마셨다. 손가락 접합수술을 한 상태라 술을 먹으면 안 되는데도 매일 술에 취해 들어왔다.

술에 취한 막냇삼촌은 자신의 인생을 한탄하는 소리를 했다. 어떤 날은 집 골목입구에 들어서면서 고래고래 소리를 지르기도 했다. 딱히 누구에게라기보다 자신을 비관한 나머지 "내 인생은 이제 끝났다"며 온갖 욕을 해됐다. 막냇삼촌이 매일 술에 취해 소리 지르고 욕을 해되니 슬그머니 짜증이 났다. 막냇삼촌을 십분 이해하면서도 공부에 집중할 수 없어 막냇삼촌이랑 대판 싸웠다. 독서실에 다닌 지 채 한 달이 지나지 않았을 때였다. 쌓였던 스트레스가 그대로 확 폭발했다.

"삼촌, 나도 살기 힘들어요. 삼촌이 그러시면 나는 이 다리로 어떻게 살아갑니까?" 삼촌과 조카가 서로 소리 지르면서 크게 싸웠다. 다음날 막냇삼촌이 먼저 사과를 했다.

"큰 조카, 미안하네. 내가 잘못했네."

"삼촌, 저도 잘못했어요. 삼촌을 이해하지 못하고 그만 큰소리내서 죄송해요."

이렇게 막냇삼촌과 서로 사과하며 화해했다. 내가 삼촌과 싸우는 것을 본 친구는 함께 지내기 미안한지 누나 집으로 가버렸다. 한동안 막냇삼촌과 둘이서 지냈다. 막냇삼촌이 다쳤다는 소식을 들은 막냇삼촌 친구가 매일 저녁마다 찾아왔다. 찾아오는 것은 괜찮은데, 와서는 막냇삼촌과 매일 술판을 벌였다. 더 이상 공부할 상황도 분위기도 아니었다. 서울로 올라온 지 두 달여 만에 다시 보따리를 쌌다. 막냇삼촌에게 얘기하고 곧바로 집으로 내려왔다.

집에 내려와 공부를 시작하려니 장소가 마땅치 않았다. 마침 큰 외갓집이 우리 집에서 100m 정도 떨어져 있었다. 학원에 다닐 형편이 아니기에 큰 외갓집 뒷방에 공부방을 마련했다. 나무판자를 주워 와서 책상도 직접 만들었다. 울진읍내에 가서 송성문의 『성문종합영어』, 홍성대의 『수학의 정석』, 최용준의 『해법수학』 책을 샀다.

누구하나 공부하는 방법을 가르쳐주지 않았다. 딱히 물어볼

사람도 없어 당대 최고의 영어와 수학 참고서를 구입했다. 성문종합영어 한 페이지를 펼쳐 놓고, 하루 종일 읽고 읽어도 진도가 나가지 않았다. 단어 하나하나 찾아가면서 공부하려니 하루 한 페이지 공부하기가 벅찼다.

수학도 마찬가지였다. 하루는『수학의 정석』, 하루는『해법수학』등 책만 펼쳐 놓고 뚫어져라 보아도 이해되지 않았다. 고등학교 때, 영어와 수학 과목을 제대로 공부하지 않았으니 그럴 만도 했다. 이렇게 해서는 공부 진척이 없어 다시 읍내 서점에 나갔다. 대학본고사 폐지 등 내년도 입시제도가 바뀐 뒤라서 다양한 예상문제집들이 판매되고 있었다.

그중 학생들이 가장 많이 찾는 책을 물으니 핵심체크라는 예상문제집이었다. 영어와 수학을 제외한 내년도 예비고사 과목의 핵심체크 문제집을 샀다. 입시전략을 과감히 바꾸었다. 국어, 영어, 수학 중심의 본고사가 폐지되었으니 영어, 수학은 최소 점수 획득을 목표로 하고 국어, 과학, 국사 등 다른 과목에 전력을 쏟기로 했다.

예상문제집을 사서 큰 외갓집 뒷방에서 4개월 정도 달달 외우다시피 공부했다. 나는 체력장 점수 20점을, 만점을 받지 못하므로 영어 수학을 제외한 과목은 만점을 목표로 공부했다. 그렇게 공부해서 1981학년도 대학입학예비고사를 치렀다. 발표된 점수를 보니 222점이었다. 광진이는 나보다 40점 이상 높게 받았다고 얘기했다. 그해 시험은 상당이 어려웠다.

광진이는 경북대 법학과에 원서를 낼 예정이라고 했다. 나도 경북대 법학과에 진학하고 싶었지만 진학지에서 발표한 대학 학과별 예상점수와는 현격한 차이가 났다. 그때 나의 대학입학 전략은 법학과와 국립대 두 가지였다. 전공하는 학과는 법학으로, 대학은 사립에 비해 학비가 저렴한 국립을 가고 싶었다. 진학지에서 발표한 예상점수를 보고 고민한 끝에 영남대 법학과와 경북대 철학과 등 두 곳에 원서를 접수했다.

당시 대학입시는 지금과 달리, 전기와 후기로만 구분되어 있어 복수로 여러 대학 원서접수가 가능했다. 원서는 복수로 접수해도 면접만 한 학교에서 보면 됐다. 면접 보는 전날, 일단 대구로 갔다. 어느 학교에서 면접을 보느냐가 관건이었다. 숙소는 경산에 있는 영남대학교 정문 근처의 여관으로 정했다. 영남대로 갈 것인지, 경북대로 갈 것이지 고민했다. 밤새도록 잠이 오지 않았다. 새벽에 잠깐 눈을 붙였다가, 사립보다는 국립으로 가자고 결정하고 아침에 일어나 택시를 타고 경북대 철학과에서 면접을 치렀다. 결과는 합격이었다. 광진이도 법학과에 합격했다. 1981년 3월, 경북대 철학과에 입학했다. 경북대 후문에서 광진이와 자취를 하면서 대학생활을 시작했다. 철학과 입학 후 첫 수업 때, 교수가 학생들에게 한 질문은 아직도 기억이 또렷하다.

"여러분 철학과 들어온 것 맞지요?"
"예!"
"호모 사피엔스가 왜 지구상에서 멸망한 줄 알아요? 아는 학생 대답해 봐요?"
"……."

한동안 대답을 못하던 학생들이 "살기 싫어서 자살했다." "지구가 싫어 안드로메타로 돌아갔어요." 등등 철학과스러운 대답을 했다. 난 아무 대답도 하지 않았다. 그런데 요즘 들어 가끔씩 궁금해진다. 교수는 왜 그 질문을 했을까? 호모 사피엔스는 어디로 사라진 것일까?

철학과 학생으로서 두 달이 되어갈 때였다. 아버지로부터 2차 다리수술 일정이 잡혔다고 연락이 왔다. 수술하면 3개월 이상이 걸린다고 해서 휴학계를 내고 고향집으로 돌아왔다. 그해 여름 여수에서 2차 다리수술을 하고 집에 오니 경북대 철학과에서 편지가 한통 와 있었다. '귀 학생은 예정된 기간에 복학을 하지 않아 제적처리 되었습니다.' 전화를 해서 "어떻게 하면 됩니까?" 학교에 물었더니 등록금을 다시 내고 재입학을 하라고 했다.

1982년 대입학력고사 시험이 두 달 정도 남아 있었다. 아버지께 경북대 철학과 재입학을 포기한다고 말씀 드리고 다시 대입학력고사를 보기로 결정했다. 그렇게 철학도로서의 생활은 두 달 남짓 만에 끝나고 말았다.

부랴부랴 아버지에게 서점에서 핵심체크 예상문제집을 사달라고 부탁했다. 다리 수술을 받고 3개월 이상 통깁스를 했다가 푼 지 얼마 되지 않아 제대로 앉을 수도, 걸을 수도 없는 상태였다. 앉지 못해 누운 채로 아버지가 사다 주신 예상문제집으로 공부했다. 두 달 여 공부하고 대입학력고사 시험을 치렀다. 대학입시제도는 일부 바뀌고 대학입학 예비고사는 대학입학 학력고사로 이름이 변경되어 있었다. 나는 지난해보다 20여 점 높은 점수를 받았다. 그 사이 다리도 조금씩 회복되어 양손에 목발을 짚으면 걸어 다닐 수 있었다.

나의 점수로는 어느 대학을 갈 수 있을까? 지난해와 마찬가지로 진학지에서 발표한 대학 학과별 예상점수표를 보았다. 부산 동의대가 도서관학과를 신설했는데 내 점수로는 충분히 합격할 수 있었다. 도서관학과가 신설이라 졸업하면 취업 걱정은 하지 않아도 된다고 생각했다.

내 점수 정도라면 등록금 전액면제 장학생으로 합격할 수 있다는 생각도 했다. 면접날에 맞춰 동의대로 갔다. 교문에서 면접을 보는 건물까지 가려니 엄청 가파른 언덕길이었다. 쌍 목발을 짚고 올라가려니 거의 등산 수준이었다. 힘들게 올라가서 면접을 보았다. 결과는 도서관학과 차석합격이었다. 그런데 도서관학과 수석 합격한 여학생이 동의대 전체 수석합격생이었다. 차석합격생은 등록금이 전액 면제되지 않고 절반 정도만 면제 받는다고 했다. 학교도 사립학교라서 등록금을 면제 받지 못한다면 입학할 의미가 없다고 생각했다. 아버지께 다시 말씀드렸다.

"아버지, 올 한해만 더 공부해 보겠습니다."

아버지는 내가 결정했다면 그렇게 하라며 고개를 끄덕이셨다. 큰 외갓집 뒷골방에서 세 번째 대입시험 준비를 시작했다.

마침 그해에 남동생이 울산공고를 졸업했다. 울산공고는 작고한 정주영 회장이 설립해 초대 이사장을 맡은 현대공고와 함께 울산에서 공립과 사립을 대표하는 명문고였다. 아버지는 동생에게도 이제는 무조건 많이 배워야 한다면서 동생에게 대학진학을 권했다. 아버지는 학비는 당신께서 어떻게든 마련한다면서 취업하지 말고 대학진학을 강요했다. 그래서 동생과 함께 대학입시 공부를 했다. 나는 큰 외갓집 뒷방에 동생이 공부할 책상 하나를 더 만들었다.

남동생은 나보다 공부를 아주 잘했다. 나는 공부하지 않고 놀면서, 동생이 공부하지 않으면 호되게 혼을 냈다. 물론 동생은 공부머리도 있었고 열심히 했다. 70년대 후반부터 80년대는 공고들이 인기가 많았다. 정부에서 공업입국 의지에 따라 미래 정보화 산업사회의 기술인 육성을 한다며 많은 혜택을 주어 가난하고 머리 좋은 학생들이 많이 진학했다.

내가 어릴 때, 큰삼촌은 결혼 후에는 석포리에 있는 아연광산에서 일하셨다. 아연광산에서 일하시던 큰삼촌은 자식들 교육을 위해 광산을 그만두고 울산으로 내려가셨다. 울산으로 내려가실 때, 아버지는 할아버지가 큰삼촌 앞으로 물려주신 논 두 마지기(300평)를 팔아서 살림에 보태라고 건넸다. 당시 하당리에서는 한마지기를 150평으로 거래했다. 우리 집이 갖고 있는 논은 10마지기 1,500평 정도였다. 할아버지가 아버지와 삼촌들에게 한두 마지기 씩 나눠가지라고 미리 유언삼아 약속하셨다. 큰삼촌은 아버지 약값에 보태 쓰시라며 받지 않았다. 가족들을 데리고 울산으로 내려가신 큰삼촌은 울산에서 연탄 배달 장사를 하셨다.

큰삼촌이 울산에서 살고 계셨기에 아버지는 남동생을 울산 공고로 진학시켰다. 큰삼촌 집에서 먹고 자며 학교에 다니라는 것이었다. 한마디로 큰삼촌에게 남동생을 맡긴 거였다. 남동생이 울산공고에 원서를 냈는데 떨어졌다고 학교에서 연락이 왔다. 동생은 밥도 먹지 않고 이불을 뒤집어쓰고 울고 있었다. 그런데 그 다음날 다시 학교에서 전화가 와서 합격했는데 잘 못 통지했다고 했다. 착오였다고 했다. 울산에 계신 큰숙모가 학교로 쫓아가서 한바탕 난리를 쳤다.

"학교가 어떻게 학생의 합격 불합격을 착각할 수 있느냐? 그러다가 아이에게 큰일이라도 생기면 학교가 어떻게 책임질 거냐?"

숙모가 노발대발하시니 학교에서는 연신 죄송하다며 사과를 했다고 전해 들었다. 남동생은 그런 소동이 있고 나서 울산

어릴 때 동생 재길이와 함께 찍은 사진(위 왼쪽). 큰삼촌(작고) 결혼식 때, 아버지 5형제들과 필자와
재길이 동생(위 오른쪽), 동생 재길이가 중학교 2학년 때 고등학생인 필자와 함께 찍은 사진(아래).

공고에 입학해 3년 과정을 무사히 마쳤다. 내가 초등학교에 다닐 때였다. 집에서 놀고 있는데 군 복무를 마친 큰삼촌이 집으로 걸어오고 있었다. 나는 너무 반가워서 절뚝거리면서 뛰어갔다. 돌부리에 차이는 바람에 그만 넘어지고 말았다. 큰삼촌이 깜짝 놀라 뛰어와 나를 안고 슬프게 우시던 모습은 지금도 잊을 수 없다.

큰삼촌은 울산에서 연탄배달도 하시고 마늘장사도 하시다가 2002년 폐암말기 진단을 받으셨다. 2차 시험을 치르고 시간 여유가 좀 있을 때였다. 경기도 고양시 국립암센터에서 퇴원수속을 마치고 산소 호흡기를 매단 큰삼촌을 모시고 울산대학교병원으로 모시고 갔다. 큰삼촌은 울산으로 모신지 2개월여 만에 돌아가셨다.

그때 큰삼촌의 연세는 환갑인 61세에 불과하셨다. 큰삼촌은 아버지 어머니 못지않게 나의 사법시험 합격을 기다리셨다. 2년만 더 살아계셨다면 장조카의 사법시험 합격을 누구보다 가장 먼저 기뻐하시며 이렇게 얘기하셨을 것이다.

"장하다! 우리 장조카. 고생했네."

애석하게도 큰삼촌은 2년을 못 기다리셨다. 큰삼촌은 하늘나라에서도 애물단지 장조카의 합격소식을 듣고 크게 기뻐하셨으리라 본다. 우리 가족은 삼촌들과는 물론이고 사촌들과의 관계도 늘 돈독하였다. 항상 서로를 걱정하고 격려해 주었다.

아버지는 남동생에게 취업도 하지 말라며 불러 올렸지만 다음 대책은 없으셨다. 그냥 대학만 진학하라고 했지 공부할 수 있도록 여건을 만들어 주는 것도 아니었다. 그래서 나는 동생과 함께 다시 한 번 큰 외갓집 뒷방에서 공부하게 되었다. 그동안 두 번이나 대학입학시험은 치렀지만 제대로 공부하지 못했다. 공부하는 방법은 어느 정도 익혔겠다, 이번만은 제대로 공부하고 시험보자는 각오로 임전무퇴의 자세로 임했다.

동생은 집안일을 거드느라 공부를 할 수 없었다. 낮에는 어머니를 도와 땔감을 구하러 산으로 가든가, 논이나 밭으로 일하러 가야 했다. 낮일이 워낙 힘들다 보니 밤이면 그냥 곯아떨어졌다. 주경야독이 되지 않았다. 하루는 내가 피곤해 자는 동생을 공부 안한다고 한소리 나무랐다. 그러자 동생도 집안일 때문에 공부도 못하고 피곤한데 나까지 나무라니 짜증이 났는지 이튿날 보따리 싸들고 집을 나가는 거였다. 나는 부랴부랴 집나가는 동생을 붙잡고 "형이 잘못했다"며 달랬다. 나도 동생이 안쓰러워서 한 소리였는데 동생은 섭섭한 모양이었다. 동생을 어르고 달래서 다시 공부를 했다. 동생과 나, 우리 두 형제는 다시 공부를 해서 대학입학 학력고사를 치렀다. 학력고사 시험성적을 받아보니 동생은 240점대 점수였다. 나는 지난해보다 20점 가량 오른 260점대 점수였다. 동생과 함께 진학지에서 발표한 대학 학과별 예상점수표를 들고 원서를 낼만한 곳을 분석했다.

동생은 안동대 한문학과로 결정했다. 동생의 점수면 충분히 합격권 점수인데다가 졸업하면 학교 교사를 할 수 있고 국립대라서 동생은 안동대 한문학과에 접수했다. 나는 경북대 법학과와 부산대 법학과 두 곳을 놓고 고민하다가 부산대 법학과로 결정했다. 경북대 법학과에는 친구 광진이가 다니고 있어 다소 쑥스럽기도 했다. 나는 부산대 법학과에 합격했는데 동생은 안동대 한문학과에 떨어졌다. 예상과 다르게 안동대 한문학과는 그때 유달리 합격점수가 많이 뛰었다. 진학지가 발표한 예상점수만 믿고 접수했다가 동생은 고배를 마셨다.

동생은 재수를 할 수 없어 후기로 삼척공업전문대학 자원개발학과(현 강원대학교 삼척캠퍼스)에 장학생으로 입학했다. 삼척공전 자원개발학과는 졸업 점수가 20% 안에만 들면 대한

석탄공사 취업이 보장되어 전국에서 인기 있는 학과였다. 마침 둘째 삼촌이 근덕에 살고 계셔 동생은 삼촌 집에서 학교를 다닐 수가 있었다. 동생은 고등학교는 큰삼촌댁인 울산에서, 대학교는 둘째 삼촌댁인 삼척 근덕에서 학창시절을 보냈다. 동생은 1985년 2월, 삼척공전 자원개발학과를 졸업하고 대한석탄공사에 입사하여 5년간 근무하고 퇴직했다. 지금은 고향에서 어머니를 모시고 살고 있다.

가을이면 송이장사로
학비를 벌다

나는 가을 송이철만 되면 송이장사를 했다. 고등학교를 졸업하고 집에서 대학입시를 준비할 때도, 부산에서 대학교에 다닐 때도, 사법시험 준비할 때도 고시원에서 공부하다가 송이가 나는 시기가 되면 어김없이 고향집으로 내려왔다.

30여 년 전 아버지는 송이가 나는 임야 10만 평을 구입했다. 아버지 친구 분과 둘이서 10만 평을 울진의 한 목재상으로부터 3,600만 원에 매입했다. 두 분이 1,800만 원씩 부담하고 공동명의로 사들였다. 아버지는 폐결핵으로 고생하시면서도 오토바이를 사서는 종종 시내 나들이를 하셨다. 그렇게 울진읍내를 다니시다가 목재상 하시는 분이 임야 10만 평을 팔려고 한다는 소식을 듣고는 서둘러 구입하셨다.

아버지는 처음에는 돈 부담 때문에 친구 분과 절반씩 부담하고 구입했다. 하지만 얼마 후 돈을 마련한 아버지는 친구 분으로부터 나머지 절반도 마저 사들여 송이산 10만 평은 아버지 소유가 되었다.

　　9월은 송이의 계절이다. 백로부터 한로까지 많이 나오고 상강까지 나오기도 한다. 사실 9월 한 달이 전부다. 송이가 비싼 이유는 나오는 시기도 짧고, 모두 자연산이기 때문이다. 송이는 아직까지 재배기술을 개발하지 못해 시장에 나오는 모든 송이는 자연산이다. 흔히 자연산 송이라는 말을 흔히 쓰는데 자연산은 군더더기 말이다.

　　송이철이 되면 우리 하동리 6반에서는 송이장사를 같이 할 사람을 몇 명 모은다. 보통 네다섯 명이 한 팀을 이룬다. 송이장사 팀이 꾸려지면 내가 총무를 맡았다. 6반 사람들이 송이를 따서 오면 곧바로 송이의 품질에 따른 등급을 매기고, 손저울로 송이의 무게를 달아본다. 송이를 따온 사람의 이름과 날짜별로 '김 아무개 1등급 000g, 이 아무개 2등급 000g, 박 아무개 3등급 000g 등으로 적었다. 산림조합에 가져가면 5.5%의 수수료를 떼고 송잇값을 정해진 등급에 따른 가격에 맞추어 주었다.

우리 송이산에서 채취한 송이버섯 모습(위).
송이산에서 채취한 송이버섯을 어머니, 동생들과 선별하는 필자(아래 맨 오른쪽).

1980년대 초 5명이 한 달 정도 일했다면 한 사람에게 100만 원 정도는 떨어졌다. 요즘 시세로 한다면 250~300만 원은 족히 된다. 간혹 돈 욕심에 눈이 멀어 오히려 사기를 당하는 경우도 보았다. 그렇게 벌어 가면 대학 한 학기 생활은 충분했다. 대학 다닐 때, 한 달 생활비로 15만원이면 충분했다.

　　아버지가 송이산을 매입한 후에는 주로 우리집 송이산을 지켜야 했다. 송이가 많이 나는 곳으로 알려지면 낮밤 가리지 않고 훔치러 오는 사람들이 있었다. 요즘은 송이철에 허가 없이 송이를 채취하면 절도죄로 처벌이 강화되었다. 형사적 처벌과 별도로 산주나 채취허가권자에게 민사소송까지 당할 수 있어 무단으로 송이 채취는 절대 금물이다.

　　송이산을 지키기 위해 집에서 4km 정도 떨어진 산속에 텐트를 쳤다. 최소한 보름정도를 혼자 산속에서 먹고 자고 지키며 텐트생활을 했다. 산속에 있으면 어머니나 동생이 7시 무렵 아침밥을 갖고 올라왔다. 아침밥을 먹은 후에는 어머니나 동생과 함께 송이를 채취하러 10만 평 산을 돌아다녔다. 송이채취가 끝나면 어머니나 동생은 집으로 내려가고 혼자 남은 나는 산속에서 송이산을 지켜야 했다.

송이산을 지키며 산속에서 공부한다고 책걸이도 만들었다. 기울기도 앉은 자세에 안성맞춤으로 만들었다. 아무도 없는 가을 산속에서 공부를 한다며 책을 펼쳤다. 솔밭이라 소나무 향기와 소나무 사이로 비치는 햇빛을 맞으면 마음속까지 시원했다. 무아지경이랄까, 아무 생각도 나지 않았다. 오히려 책이 눈에 들어오지 않았다. 앉아 있기 심심하면 어제 봤던 송이가 좀 컸는지 확인하러 다녔다. 10만 평의 산을 둘러보는 것은 쉬운 일이 아니었다. 깊은 산속이라 혼자 있으면 좀 무섭기도 했다. 산속이라 일찍 어두워지는데 해가 넘어가고 어두컴컴해질 때가 무서웠다.

밤이 되면 오싹오싹하기도 했다. 특히 비오는 날 밤이면 제일 무서웠다. 갑자기 텐트 한쪽에서 비닐이 펄럭하면 깜짝 놀랐다. 순간 소름이 쫙 돋곤 했다. 그러면 라디오를 크게 틀어놓았다. 가끔 큰 소리로 노래를 부르고 나면 무서움이 좀 가셨다. 아주 가끔씩 상품 가치가 없는 송이는 라면에 넣어먹었다. 최고의 별미이자 꿀맛이었다. 여기에 소주까지 한잔 곁들이면 산해진미가 부럽지 않았다. 할아버지가 살아 계실 때는 할아버지와 같이 산에서 숙식을 하면서 송이산을 지켰다. 텐트 두 개를 설치해서 할아버지와 나는 따로 잠을 잤다. 할아버지 돌아가시고 난 다음 나 혼자 주로 송이산을 지켰다.

가끔 어머니가 올라오셔서 같이 자기도 했다. 그땐 요즘보다 송이가 많이 났다. 큰삼촌이 송이철 되면 산에 올라와서 송이 채취를 같이 했다. 송이를 팔아 1,000만 원 정도의 수익을 내면 큰삼촌은 30%인 300만 원만 가져가고 나머지 70%인 700만 원은 어머니에게 드렸다.

송이 채취를 위해 송이산 10만 평을 돌아다니려면 매우 힘들었다. 산 능선은 몇 개 되지 않아도 송이가 나는 곳은 넓게 퍼져 있어 이틀 정도 다니면 다음날은 다리가 아파서 제대로 걷지도 못했다. 송이산을 한 달 정도 지킨 후, 200만 원 정도를 내가 챙겨갔다. 고시원 6개월의 비용은 충분했다. 6개월 동안은 고시원에서 코피 터져가면서 공부했다.

리차드와 스텔라의
'라스트콘서트'

1983년 3월 부산대학교 법학과에 입학했다. 1980년도부터 매년 대학입학시험을 치르고 나서 마침내 희망하던 국립대와 법학과에 합격했다. 나이는 20대 중반에 들어서 예비역들과 비슷한 나이에 1학년으로 들어갔다.

한참 동생뻘인 법학과 동기들 대부분은 머리 좋고 똑똑했다. 그 중에는 학력고사 점수가 300점 이상의 고득점자도 있었다. 명랑하고 활달하고 술도 잘 마시는 등 뭐든지 나보다 앞서 갔다. 철도도 다니지 않고 고속도로도 뚫리지 않은 시골에서 온 나는 주눅이 들지 않을 수 없었다. 같은 공부를 해도 받아들이고 이해하는 속도가 빨랐다. 나처럼 시골 출신들은 처음 접하는 과목이 많아 공부를 따라가기가 벅찼다.

부산대학교에 다닐 때 필자.

2장 | 새우잠을 자도 고래꿈을 꾸다

특히 영어 과목은 기초가 되어 있지 않아 많은 어려움을 겪었다. 영어수업과 관련한 재미있는 해프닝이 하나 있었다. 1학점짜리의 '영어강독' 시간이었다. 영어강독 시간에는 교수가 학생들에게 읽고 해석해 보라고 종종 시켰다. 영어강독 시간이 되면 교수가 지목할까봐 항상 조마조마했다.

내 옆 자리에는 다른 대학을 다니다가 입학한 동기가 앉았다. 나이도 나와 비슷해서 터놓고 편하게 지내는 사이였다. 교수가 그 동기에게 영어강독을 시켰다. 헌법학을 공부하다 보면 앨버트 다이시(A. V. Dicey)라는 영국의 유명한 헌법 학자를 접하게 된다. 교수가 동기에게 강독을 시킨 부분은 앨버트 다이시(A. V. Dicey)의 헌법학에 관한 내용이었다. 동기가 엉거주춤 일어나서는 나를 빤히 쳐다더니 '앨버트 다이시(A. V. Dicey)'를 손으로 가리켰다.

"주형, 이거 어떻게 읽어요?"

나는 아무 생각 없이 "디케이"라고 말했다. 그러자 동기는 "디케이 어쩌고저쩌고"라며 읽고 있었다. 교수가 "학생, 학생!" 하면서 동기를 부르더니 "디케이가 아니라 다이시야"라고 말했다. 갑자기 얼굴이 붉어진 동기는 기어들어가는 목소리로 "아!

예, 교수님"이라고 대답하고 다시 읽었다. 앨버트 다이시(A. V. Dicey)를 디케이로 읽을 정도로 기초가 되어 있지 않았다. 그 후 영어공부를 따라가기 위해 밤새워 가며 공부한 기억이 있다. 독일어 시간도 영어 못지않은 어려움이 많았다. 처음 배우는 과목이라 알파벳 '아 베 체 데 에 에프 게'만 익히다가 끝나버렸다. 중간고사 시험에서 답안지 3분의 1을 채우기가 바빴다.

그동안 나는 독학하다시피 혼자서 공부를 해 왔다. 영어와 독일어 등 외국어 과목에서는 기초가 전혀 되어 있지 않았다. 우물 안 개구리가 무작정 우물 밖으로 나와 우왕좌왕 좌충우돌하는 꼴이었다. 그럼에도 다른 학과목의 성적이 우수한 편이라 장학금을 받고 학교를 다닐 수 있었다. 대학교 입학할 때와 4학년 1학기를 제외하곤 매번 장학금을 받았다.

부산대학교는 1983년에 기숙사가 처음 생겼다. 나도 1학년 때부터 기숙사 생활을 했다. 기숙사에는 자치회가 구성되는 데, 자치회장은 예비역이나 나이가 있는 학생 중에서 맡았다. 나하고 같은 방을 쓰는 룸메이트가 기숙사 자치회장을 맡았다. 그 친구는 부산대 수학과 81학번으로 입학했다가 다시 공부를 해서 법학과에 들어왔다고 했다. 자치회 부회장은 내가 맡았다. 하루는 기숙사에 있는데 인근 대학 여학생들과 단체미

틴 얘기가 오갔다. 예비역들이 중심이 되어 인근 여대 학생들과 미팅을 한다는 거였다. 나는 미팅명단에 포함되어 있지 않았다. 그런데 미팅 당일 날, 미팅주선자가 급하게 나를 찾았다. 한 사람이 펑크 났다면서 나보고 같이 가자고 했다.

나는 대학 입학 후, 미팅을 한 번도 해 본 적이 없었다. 처음부터 미팅을 하자는 제안도 받지 않은 상태라 선뜻 따라나서기도 머쓱했다. 펑크 난 대타로 굳이 따라나서야 할 필요가 있을까 해서 안 간다고 했다. 미팅 주선자가 이왕 약속을 했기 때문에 어찌하든 미팅자리에는 갔다 와야 한다면서 나의 손을 잡아당겼다. 그렇게 계속 종용하니 거절하기도 민망해 미팅자리에 따라갔다.

미팅 장소에 나갔다니 여학생 7명이 나와 있었다. 남학생도 나를 긴급히 투입해서 7명을 맞춘 상태였다. 파트너를 정하는 순서가 되었다. 양쪽 미팅 주선자들은 남학생들이 각자의 물건을 꺼내 놓으면 여학생들이 선택하는 것으로 했다. 남학생들이 각자의 소지품을 꺼내 놓았는데 어떻게 된 까닭인지 짝이 맞지 않았다. 이번엔 다시 여학생들이 영화의 주인공을 적은 쪽지를 남학생들이 선택하는 것으로 정했다.

남학생들이 쪽지를 하나씩 들었다. 나는 맨 마지막에 남은 쪽지를 잡았다. '스텔라'라고 적혀 있었다. 남학생들이 각자 자신의 파트너 이름을 불렀다. 내가 "스텔라!"라고 부르니 7명의 여학생 중에서 가장 얌전해 보이는 여학생이 "전 데요"라며 손을 살짝 들었다. 내가 부른 여학생이 손을 들자 남학생들이 다들 "와아!" 그랬다.

7명의 여학생들 가운데 가장 귀여우면서도 참했다. 소위 말해 '퀸카'였다. '스텔라'가 누군가? 영화 라스트 콘서트의 여주인공 파멜라 빌로레시가 열연한 그 스텔라가 아닌가? 그럼 나는 자연히 리차드 존슨이 연기한 리차드가 되었다. 남학생들이 스텔라 여학생만 쳐다보니 괜히 내가 리차드가 된 것처럼 기분이 좋았다. 미팅 자리에 나오길 잘했다는 생각이 들었다.

나는 미팅을 처음 해보는 시골 촌뜨기라 현실에서는 리차드가 되지 못했다. 스텔라 여학생이랑 커피숍에서 차 한 잔 마시며 잡담을 나누다가 헤어졌다. 애프터 신청은 물론이고 연락할 전화번호도 받지 않았다. 나는 마음에 드는 괜찮은 사람을 만나도 '좋다'는 표현을 할 줄 몰랐다. 지금도 별반 다르지 않다. 스텔라 여학생과 헤어지고 기숙사에 돌아오니 함께 미팅에 나갔던 예비역들이 내 방으로 몰려왔다. "주형 파트너가 최고다.

다시 만나자고 약속했느냐"는 둥 이것저것 꼬치꼬치 캐물었다. 스텔라 여학생은 부산 모 여대에서 역사학을 전공하고 있었다. 경남 합천 출신인데 부산시 서구 아미동에 살고 있다고 했다. 그것이 스텔라 여학생에 대해 내가 알고 있는 전부였다.

룸메이트를 비롯하여 함께 미팅에 나갔던 예비역들이 왜 다시 만나지 않느냐고 성화였다. 룸메이트는 내가 만날 의향만 있으면 수단과 방법을 가리지 않고 어떻게 하든 만나게 해준다고 했다. 계속해서 주위에서 부추기니 스텔라 여학생이 보고 싶어졌다. 그때 왜 연락처를 물어보지 않았는지 후회마저 들었다. 주위에서 도와준다고 하니 은근히 용기도 생겼다.

부산 모 여대에서 역사학을 전공하다고 있다는 것을 알고 있으니 찾아가보기로 했다. 룸메이트와 부산 모 여대 앞으로 갔다. 룸메이트는 나를 보고 커피숍에서 기다리고 있으면 자신이 들어가서 찾아오겠다고 했다. 한 시간쯤 지났을까, 룸메이트가 씩 웃으면서 내가 기다리고 있던 커피숍으로 들어왔다. "어떻게 되었어?"하고 물으니 "형님, 내가 누구요? 조금 있으면 나올 겁니다"라고 얘기했다. 나는 어떻게 된 거냐며 그간의 사정에 대해 물었다.

당시만 해도 여자대학에 남학생이 함부로 들어갈 수 없었다. 룸메이트가 부산 모 여대에 들어가려고 하니까 수위가 어떻게 왔냐고 물었다고 했다. 룸메이트는 역사학을 전공하는 몇 학년 아무개가 집안의 동생인데 지금 아버지가 갑자기 입원을 해서 연락을 해야 한다고 둘러댔다. 그랬더니 수위가 어디를 찾아가 물어보면 된다며 빨리 갔다 오라고 했다는 거였다. 학교로 들어간 룸메이트는 학교 여기저기 기웃거리며 구경하다가 스텔라 여학생의 수업시간표를 확인하고 강의실로 찾아갔다. 수업 중에 무턱대고 들어갈 수 없어 잠시 고민하다가 강의실 문을 똑 똑 두드렸다.

문이 열리면서 교수가 "누구십니까, 어떻게 오셨지요?"라고 물었다. 룸메이트는 거리낌 없이 "아무개 학생 있습니까? 집안 동생인데 급히 전할게 있어 왔습니다"라고 능청맞게 말했다. 그러자 교수가 "〇〇〇 학생 손들어 봐요"하더니 스텔라 여학생을 내보내 주었다고 했다. 룸메이트가 사정 이야기를 사실대로 얘기하자 스텔라 여학생은 수업 끝나면 오겠다고 했다는 것이었다.

룸메이트의 임기응변 수완에 혀를 내두르고 말았다. 한 시간이 지났을 무렵, 스텔라 여학생이 커피숍으로 들어왔다. 나는 반갑게 인사를 나누었다. 기분을 상하게 했다면 이해해 달라고

고등학교 졸업 후, 부산 용두산 공원에서 친구들과 함께 찍은 사진.

했다. 사실 기분이 상했다면 나오지 않았을 것이다. 스텔라 여학생은 "정성이 감복해서 나오지 않을 수 없었다"고 했다. 나에게 은근히 관심이 있다는 표시였다. 처음 미팅 때와 달리 서로의 고향 이야기와 여자대학 생활 등 많은 이야기를 나누었다. 저녁도 같이 맛있게 먹었다. 연락처도 물으니 순순히 알려 주었다. 문제는 내가 메모를 하지 않았다. 그때 나는 이렇게 생각했었다. '나보다 잘나고 좋은 사람 많은데 나하고 사귀겠냐?'는 자기비하적 생각을 했었다. 스텔라 여학생과의 두 번째 만남이 끝나고 두 달이 지났을 때였다.

스텔라 여학생이 보고 싶은데 연락할 방법도 없었다. 그렇다고 지난번 룸메이트처럼 찾아갈 수도 없었다. 비가 주룩주룩 내리는 주말, 마음만 태우며 기숙사에 혼자 있었다. 백골부대 출신의 예비역인 박상환 씨가 내방으로 들어왔다.

"아니 주말에 여학생 안 만나고 뭐하고 있어요? 빨리 전화해 보세요. 여학생이 그 정도로 나왔다면 주형에게 관심이 있다는 얘기야."

비는 계속해서 내리고 다른 학생들은 외출하고 없었다. 박상환 씨는 빨리 전화하라고 계속 부추겼다. 그런데 전화번호가 기억나지 않았다. 전화번호 서너 자리 숫자만 기억날 뿐이었다. 박상환 씨는 기숙사 내에 있는 공중전화 부스로 내 손을 잡아끌었다. 나머지 전화번호 세 자리는 연결될 때까지 계속 전화를 걸어보자는 거였다.

둘이서 스무 통 정도 전화를 걸었을 때, 스텔라 여학생 집과 연결되었다. 그런데 지금은 없다고 했다. 부산대 법학과 주재현 학생인데 전화 왔다고 메모 남겨달라고 부탁하고 끊었다. 한 달이 지나도 스텔라 여학생으로부터 아무런 소식이 없었다. 스텔라 여학생에게 다시 전화를 걸려고 하니 전화번호가 생각나지 않았다.

지난번 스무 통만에 연결될 때에는 전화번호를 외우겠다는 마음으로 따로 메모하지 않았다. 분명히 외우고 있었다고 했는데 기억이 안 났다. 그런데 머리가 아닌 손이 기억하고 있는지 네 번째 통화만에 전화가 연결되었다.

이번에 스텔라 여학생이 직접 전화를 받았다. 연락이 없어 다시 전화를 했다고 하며 남포동에서 만나자고 했다. 남포동 일대는 부영극장, 대영극장, 부산극장 등 극장들이 밀집해 있던 곳이다. 1996년 우리나라 최초의 국제영화제인 부산국제영화제가 시작된 곳이 남포동이다. 남포동에서 만나 보리밥을 먹었다. 당시 보리밥 작은 것은 300원, 큰 것은 500원 할 때였다. 그렇게 스텔라와 리차드는 만나기 시작했다.

우리는 만나면 밥 먹고, 커피 마시고, 영화도 보고, 헤어질 때는 스텔라의 집까지 바래다주었다. 자연스럽게 정도 들었다. 이른바 연애를 시작했다. 스텔라와 리차드가 알콩달콩한 풋사랑을 키워갔다. 내가 한해 휴학을 하는 바람에 스텔라가 나보다 졸업을 한해 먼저 했다. 스텔라는 졸업과 함께 취업을 했다.

나는 아직 학생이지만 스텔라는 직장인이 되었다. 스텔라가 취업을 하고도 우리는 예전처럼 만났다. 하지만 학생과 직장인의 라이프 사이클은 다를 수밖에 없었다. 점점 만나는 횟수가 줄어들었다. 회사 일이 바쁘기도 하겠지만 눈에서 멀어지면 마음도 멀어지는 법이었다.

처음으로 사랑에 빠졌던 나는 참아내기 어려웠다. 얼마나 어렵게 만나고 힘들게 정을 쌓았는데 이렇게 헤어질 수 없다는 생각이 들었다. 나중에는 스텔라가 진짜 나와 헤어지고 싶어 하는지 확인하고 싶어졌다. 스텔라 집 앞에 가서 기다리기를 여러 차례, 스텔라는 다시는 내 앞에 모습을 나타내지 않았다.

4학년 2학기도 끝나갈 때였다. 졸업시험은 가까워 오는데, 아무것도 하기 싫었다. 학교도 다니기 싫고, 졸업을 하면 뭐하나 하는 생각도 들었다. 맨날 소주만 마시다가 무작정 보따리를 쌌다. 커다란 가방이 있었는데 가득 채우면 20kg 이상을 넣을 수 있었다. 가방에 옷과 책 등을 챙겨서 버스를 타고 강릉으로 올라갔다.

강릉을 거쳐 속초에서 설악산 케이블카를 탔다. 해발 700m 권금성 정상에 오르니 짙푸른 동해바다와 울산바위, 토왕성 폭포 등 웅장하고 아름다운 경관이 한 눈에 들어왔다. 눈앞에 펼쳐진 풍경은 시원스러운데 앞으로 나아갈 나의 미래는 막막했다. 낼 모레 졸업시험이 예정되어 있었다. 4학년 2학기라 세과목뿐이었다. 그런데 시험을 치르기도 싫어졌다. 또 한편으로는 졸업을 못하면 어떡하지 하는 생각도 들었다.

속초로 올라오기 전날, 친하게 지낸 과 동기에게 내가 처한 상황을 얘기했다. 지금 너무 괴로워서 못살겠다. 어떻게든 머리 복잡한 상황을 정리하고 오겠다. 가방을 주섬주섬 챙기자 후배는 "형님, 졸업시험 때까진 오셔야 합니다"라고 말했다.

주머니에 있는 돈이 떨어질 때까지 열흘 정도 속초와 강릉을 오갔다. 후배의 졸업시험 얘기가 퍼뜩 생각났다. 다시 학교로 오니 용케도 내가 수강하던 세 과목 모두 시험 이틀 전이었다. 무사히 졸업시험을 치르고 대학을 졸업했다. 4학년 2학기 학점은 3.8이었다. 스텔라와 리차드의 라스트 콘서트도 막을 내렸다.

기대와 기다림의
오랜 싸움 시작

　1988년 2월, 부산대 법학과를 입학한지 5년 만에 졸업했다. 졸업식 날에는 아버지와 어머니, 삼촌들과 동생들 등 온 집안 식구들이 내 졸업식을 축하하기 위해 부산에 모였다. 마치 집안 식구들 총동원령이 내려진 것 같았다. 오랜만에 한자리에 모인 집안 식구들은 함께 기념사진도 찍고 식사도 했다. 집안 식구들의 열렬한 축하인사를 받았지만 마음은 괴로웠다. 대학은 졸업했지만 취업도 못했고 마땅히 갈 곳도 없었다.

　4학년 2학기 때, 풋사랑의 수렁에서 허우적대는 바람에 취업은 남의 잔치가 되고 말았다. 취업을 하려면 4학년 2학기에 공채시험을 보든가, 교수추천서를 받아야 했다. 이른바 취업 열정이 있어야 했다. 나는 취업 열정이 없었으니 그런 기회는 이미 다 놓쳐버린 뒤였다. 취업은 고사하고 생활을 하려면 아르바이트라도 해야 했다.

부산에는 부산지역 각 대학에 재학 중인 지체장애인으로 구성된 '디딤돌'이라는 대학생연합모임이 있다. 나는 1983년 부산대에 입학하자마자 '디딤돌'에 가입하여 디딤돌 선후배들과 친하게 지냈다. 디딤돌 동료들과 함께 웃으며, 함께 울고 MT도 여러 번 다녀왔다. 대학 졸업 후, 마땅히 할 일이 없을 때라 디딤돌 선배가 운영하는 사무실에서 아르바이트를 시작했다.

1년 정도 선배 사무실에서 아르바이트를 하면서 지냈다. 중견그룹에도 잠시 취업을 했으나 두어 달 다니고 말았다. 2년 가까이 그렇게 시간을 보냈다. 나는 디딤돌 회원들을 만날 때 마다 내가 목발이나 휠체어, 보조기 없이 걸어 다닐 수 있다는 것에 대해 미안한 마음이 생긴다. 고시 공부하던 긴 세월동안에는 친구 박세기에게 많은 생활편의를 제공받았다. 언제 찾아가도 귀찮아하지 않고 선배와 후배들을 늘 따뜻하게 맞이해준 우진곤 부부에게 늘 감사하는 마음을 갖고 있다. 오랫동안 회장직을 수행하면서 모임을 이끌어 온 윤여진 변호사와 장재흠 전 총무를 비롯하여 모든 회원들에게 감사드린다.

순간 아버지와 어머니 얼굴이 떠올랐다. 여전히 폐결핵의 고통으로 누워 계실 아버지. 오늘도 산에서, 밭에서, 논에서 한시라도 일손을 놓지 못하고 있을 어머니. 내가 이러고 있으면 안되겠다는 생각을 했다. 법학과를 졸업했으니 사법시험에 도전하기로 결심했다. 디딤돌에서 같이 활동했던 동료가 사법시험 2차에 합격했다는 소식도 들렸다.

마침 친하게 지내던 디딤돌 동료 하나가 사법시험 공부하러 간다고 했다. 어디로 가느냐고 물으니 경남 밀양에 있는 한 고시원으로 간다고 했다. 나도 함께 가자며 따라 붙었다. 친구와 함께 밀양의 한 고시원으로 들어갔다. 대학을 졸업한 지도 2년이 지났다. 허송세월의 방황을 끝내고 오랜 기다림의 싸움을 시작했다.

고시원에 들어왔지만 공부가 쏙쏙 되는 것이 아니었다. 공부를 시작할 때는 책을 아예 통째로 외워야겠다는 생각으로 뛰어들었다. 한 시간에 두 페이지 넘어가기 바빴다. 법학을 전공했지만 어떤 날은 한 장도 외워지지 않았다. 고시원에는 들어왔지만 제대로 공부도 안하고 시험을 치러가니 대부분의 과목이 과락이었다.

1988년 부산대 졸업식 때 학사모를 쓰고 찍은 기념사진(위). 부산대 졸업식 때는 아버지와 어머니를 비롯하여 삼촌과 동생들까지 총출동했다. 필자의 대학 졸업기념 가족사진(아래).

가지고 있던 돈도 떨어지고 나니 더 이상 고시원에 있을 수도 없었다. 디딤돌에서 만난 친구 자취방으로 갔다. 작은 사업을 하는 친구의 자취방은 늘 사람들로 북적거렸다. 친구 자취방에서 공부가 될 리 만무했다.

나는 그저 친구 자취방 청소하고, 빨래 해주고, 먹고 사는 기생충에 불과했다. 그렇게 지내다가 가을 송이철이 되면 고향집으로 갔다. 한 달 여 동안 송이장사를 하여 벌은 200~300만 원을 밑천 삼아 다시 공부를 했다. 그렇게 6개월 정도 공부하고 시험을 치려니 성적이 잘 나올 리가 없었다. 과목별로 책 한권도 제대로 못 읽어보고 가는 꼴이었다. 공부를 시작한 지, 3~4년은 그런 식이었다.

시간이 지나는 만큼 실력은 향상 되어 가는데, 너무 더디었다. 속도가 붙지 않았다. 6개월 공부하고 시험 보고, 6개월 지나면 다 잊어버리는 악순환이 반복됐다. 그나마 처음과 달리 시험과목별로 책 한권씩은 다 읽고 시험을 치러가는 수준이었다. 고시원 동료들은 식사할 때면 이 판례는 무엇이 문제고, 또 지난번 시험문제는 무엇이 문제라는 등 열띤 논쟁을 펼쳤다. 동료들의 논쟁을 지켜보다보면, 이렇게 해서 합격할 수 있겠나 하는 회의가 들곤 했다.

고시원에서 공부하다가 보면 술 좋아하고, 넉살 좋은 사람들이 꼭 있기 마련이다. 그래서 고시원에 새로 들어갈 때면, 고시원 주인이 반드시 해주는 이야기가 있다. '아무개 하고 친하지 말고, 아무개 하고는 다니지 말라'고 미리 귀띔을 해 준다. 재미있는 것은 고시원 주인이 같이 다니지 말고, 친하게 지내지 말라고 한 사람과 친하게 지내고 함께 다니게 된다는 거다.

마음도 안정되고 차분해져 기분이 좋을 때가 있다. 공부에 스퍼트를 올리려고 자리 잡고 앉아 있다가도 "재현아, 술 생각 나지 않니?"하는 한마디에 공부의지가 와르르 무너져 버리곤 했다. 갑자기 입에서 침이 막 돌아 밤 10시에 고시원을 나가 오징어 한 마리에 소주 두병을 마시고 들어오곤 했다.

고시원에서 공부하는 고시생들의 경우는 이 고시원, 저 고시원 쫓아다니는 경우가 많다. 밀양의 고시원에 있다가 마산에 있는 고시원으로 옮겨갔다. 경남대 출신의 고시원 원장이 최신식으로 시설을 지었다고 소문나서 옮겨가게 됐다. 고시생 한 사람이 다른 고시원으로 옮긴 후, 시설도 좋고 공부도 잘 된다고 하면 다들 그리로 옮겨간다. 마산의 고시원으로 가게 된 이유는 부산 출신의 부산대 법학과 동문 때문이었다. 나와 같이 다리가 불편한 친구로 똑똑하고 실력도 갖추고 있었다.

그와는 둘도 없는 친구가 되었는데, 당구와 바둑실력이 수준급이었다. 바둑은 고등학교 졸업 때 아마 1단의 실력을 갖추었다. 단 하나 문제라면 공부에 전념하지 않았다. 그 친구는 양쪽 목발을 짚고 다녀야 해서 직접 승용차를 운전하고 다녔다. 필요한 물건을 사야하는데 같이 가자고 하면 도와주지 않을 수 없었다.

그 친구를 따라 나오면 여기저기 돌아다니는 일이 많아 그 날 하루는 공치기 일쑤였다. 그 친구 덕에 고시원에서 공부하면서 식사 챙겨주는 아주머니 애들을 가르치는 과외 아르바이트도 했다. 중학교 3학년이었는데 나는 수학을, 그 친구는 영어를 가르쳤다. 아주머니 아저씨랑 친해지자 가끔 밤새도록 고스톱 놀이도 했다. 고시원에서 공부하다 보면 정말 다양한 경험을 하게 된다. 그 당시 아주머니 큰 딸이 고등학교 2학년이었는데, 요즘도 가끔 전화통화를 하며 근황도 물어보고 부모님 사정 얘기도 듣곤 한다. 그런데 작년에 아버지가 돌아가셨다고 했다. 장례식에 참석 못해서 미안한 생각이 들었다.

마산에서 6개월 지내다가 대구로 갔다. 대구 팔공산 갓바위 올라가는 길에 덕실마을이라는 곳이 있는데 그곳에 낡은 고시원이 하나 있었다. 덕실마을 고시원은 영남대와 경북대 출신의 고시생들이 많았다. 그 친구들은 나와 같이 간 동료들은 객지 사람으로 취급했다. 특별히 말을 섞을 일이 없으니 자연스럽게 데면데면하게 지냈다. 하루는 나와 함께 간 친구 종률이와 재섭 씨 이렇게 셋이 갓바위에 가보기로 했다. 버스를 타면 갓바위 오르는 입구에 있는 사찰 앞 갓바위 공영주차장까지 데려다 준다. 버스에서 내려서 갓바위까지 올라가려면 한 시간 정도 가파른 길을 올라가야 했다. 버스를 타고 가다가 친구들은 갓바위를 구경하러 온 여학생들과 함께 올라가기로 얘기가 되었다. 갓바위 올라가는 길이 가파르니 나는 사찰에서 기다리기로 했다.

그런데 친구들이 올라간 지 네 시간이 지났는데도 내려오지 않았다. 다섯 시간이 지나고 해는 떨어져 가는데 친구들은 보이지 않았다. 고시원으로 가려면 버스를 타야 하는데 돈 한 푼이 없었다. 버스비가 500원 이었는데, 나에겐 단 돈 10원도 없었다. 버스를 타고 가야하는데 친구들은 내려오는 낌새도 보이지 않았다. 슬금슬금 부아가 치밀어 올랐다.

로마의 트레비 분수처럼 사찰에 가면 소원성취 동전 던지는 연못이 있다. 연못 속을 바라보니 500원짜리 동전 하나가 보였다. 오고가는 사람들이 뜸할 때를 기다렸다가 얼른 물속에 손을 집어넣었다. "부처님! 죄송합니다. 나중에 100배로 시주하겠습니다"라고 기도하고 500원 짜리 동전을 건졌다. 그리고 곧바로 버스를 타고 고시원으로 돌아왔다. 친구들은 늦은 밤이 돼서야 고시원에 돌아왔다. 홧김에 불을 끄고 자는 척하며 한동안 문을 열어 주지 않았다. 종률이는 30분 동안이나 자기 방으로 가지 않고 내 방 앞에서 "재현아 미안하다. 재현아 미안하다"며 사과를 했다.

종률이의 고집은 말릴 수 없었다. 문 열어주고 종률이와 재섭 씨에게 찰지게 욕 한번 해주고 종률이의 사과를 받아들였다. 고시원 동료애라는 것이 이런 것이구나 생각했다. 갓바위 500원 사건이 있은 뒤, 종률이는 대전의 수양사로 옮겼다. 나도 종률이를 따라 대전으로 갔다. 고시원을 옮겨 다녀 보니 산속에 있는 고시원에서 공부를 더 못하게 되는 경우가 많았다. 산속 고시원은 산 좋고 물 좋아 시험압박만 아니라면 스트레스를 거의 받지 않았다. 돈 몇 천 원만 있어도 술을 실컷 먹을 수 있어 세월 보내는 데는 최고였다. 사법시험 공부한다고 고시원 들어왔다가 그렇게 세월을 낚는 이들을 몇몇 보기도 했다.

특이하게도 대전 수양사는 여자 고시생도 받았다. 공부 분위기가 다소 흐려지는 것 같아서 수양사가 있는 산 중턱에 있는 대흥사로 옮겼다. 대흥사는 비구니 사찰인데 방을 세 개 마련해 고시생들에게 공부할 수 있도록 했다. 마침 방이 하나 비었다고 해서 옮겨가게 되었다. 대흥사로 옮기고 나서는 머리를 스님들처럼 밀어버렸다. 그동안 흘려보낸 시간이 아까워 공부 제대로 하겠다는 다짐의 표시였다. 머리를 밀고 아침에 식사하러 갔더니 비구니 스님이 "왜, 머리를 깎았느냐"고 마구 야단을 치는 것이었다. 머리 깎은 것이 아침 댓바람부터 욕먹을 짓인가 하고 의아해 했다. 비구니 스님의 말씀은 이랬다.

"공부하는 학생이 머리 깎으면 다른 사람들이 보기에 누가 스님이고, 누가 공부하는 학생인지 어떻게 아느냐?"

그래서 "죄송합니다" 하고 한동안 모자를 쓰고 다녔다. 수양 사에서 공부하던 종률이에게서 연락이 왔다. "절에 있으니 몸이 허하지"라며 "개구리 잡으로 가자"고 했다. 아직 개구리가 나올 시기가 아닌데 하며 종률이를 따라 나섰다. 지팡이 짚고 계곡물을 뒤져 개구리 7~8마리를 잡았다. 잡고 보니 아직 경칩이 남아 있어 개구리 입은 붙어 있었다. 고시원에 가져와서 코펠에 담아 책상 밑에 두고 식사를 하러 갔다.

식사는 스님들과 한방에서 같이 했다. 그런데 갑자기 어디선가 개골개골 개구리 울음 소리가 들렸다. 개구리 울음 소리를 들은 스님이 "벌써 개구리가 나왔나? 아직 때가 아닌데"라며 고개를 갸웃했다. 그때까지 나는 개구리를 까맣게 잊고 있었다. 아차, 내 방에서 나는 소리였다. 얼른 밥을 먹고 부리나케 방에 와보니 개구리들이 방 벽을 기어오르고, 방 안 여기저기 껑충껑충 뛰어 다니고 있었다.

다시 코펠 속으로 잡아넣고 뚜껑을 닫았다. 종률이와 밤 10시에 수양사 아래의 구멍가게에서 만나자고 약속했다. 구멍가게에서는 개구리를 가져가면 튀겨 주었다. 수양사에 있을 때는 소주를 잘 안 먹고 값싼 고량주인 이과두주를 즐겨 먹었다. 종률이는 계속 시험에 떨어지자 사법시험 포기의사를 비쳤다. 그후 종률이는 충남 조치원에 있는 고시원으로 옮겼다가 결국 사법시험을 포기하고 말았다.

나도 종률이를 따라 조치원 고시원으로 옮겼다. 조치원 고시원은 고시공부를 하는 아들을 둔 부모가 직접 고시원을 운영하는 곳이었다. 조치원 고시원에서 1차 시험을 두 번이나 치렀다. 6개월 사이클로 움직이는 종전의 경우와 달리 꽤 오랫동안 조치원 고시원에 머물렀다.

조치원 고시원을 끝으로 종률이는 사법시험을 포기했다. 종률이와 동거동락하며 지난 세월이 주마등처럼 지나갔다. 그동안 종률이가 선발대 형식으로 고시원을 옮기면 내가 뒤따라가곤 했다. 이젠 종률이가 없으니 방향을 잃을 것 같아, 서울 신림동 고시촌으로 올라왔다.

서울 신림동 고시촌에서 1년 정도 공부를 했다. 서울 신림동은 견디기 무척 힘들었다. 골목골목 복잡한데다가 볼거리도 많았다. 돈이 없으면 견딜 수가 없었다. 고시원 밖으로 나가면 돈이 들었다. 그렇다고 안 나갈 수도 없는 게 신림동 생활이었다. 시골에서는 지게 작대기 하나로 돌멩이 치고 노는 것이 유일한 낙이었다. 여기는 커피숍에 가든지, 당구장에 가든지, 만화방에 가든지, 어디든 돈이 있어야 가능했다. 사람 좋아하기를 둘째가라면 서러워할 나는 가는 곳마다 친구들이 많았다.

서울 신림동에는 고시생들의 단골 당구장이 하나 있었다. 아리따운 여학생들의 아르바이트로 소문난 한림당구장이었다. 한림당구장 단골 사이에는 양대 파벌이 있었다. 이름하여 할배파와 두껍이파였다. 당구장에 올 때도 양 파벌 보스를 중심으로 우르르 같이 다녔다. 당구도 할배파는 할배파와, 두껍이파는 두껍이파와만 쳤다. 나는 할배파의 보스였다. 두껍이파는 전라도 광주 출신이 보스였다. 내가 할배파 보스가 된 사연은 흰머리 때문이었다. 수년 동안 사법시험을 공부하다보니 머리가 온통 하얗게 세어버렸다. 그때는 돈도 없고 염색할 생각도 못했다. 그래서 나를 보고 할배라고 종종 불렀다. 그래서 나와 함께 당구를 치는 고시생들을 할배파라고 불렀다. 두껍이파 보스는 나보다 나이가 많았는데 어떻게 해서 두껍이란 별명이 붙었는지는 모른다. 두껍이파든 할배파든 한림당구장에 올 때는 항상 우르르 몰려왔다 우르르 몰려갔다.

나의 고시원 라이프 사이클은 6개월 주기였다. 6개월을 주기로 고시원에 들어오든가 아니면 고시원을 나오든가 했다. 서울 신림동에서는 1년을 채 못 있었다. 1차 시험을 10개월 앞두고 올라와 다른 곳보다는 오래 있었다. 이번에는 반드시 1차 시험에 합격하겠다는 다짐을 했건만 할배파 보스로 추대되는 바람에 이번에도 쓴잔을 마셨다.

어느 날 할배파 중의 한 사람이 얘기했다.

"할배는 참 성실하고 열심히 공부하는 고시생입니다. 놀러가면 잘 놀지, 공부할 때는 또 열심히 공부하지. 저는 부모 잘 만난 덕에 유산 받아 공부 안하고, 술만 먹고 노는데, 형님은 그 나이에도 이렇게 열심히 하시는 모습을 보면 죄송스러운 마음이 들어요."

1차 시험을 6개월쯤 남겨두었을 때였다. 이렇게 공부하다가는 내년 시험도 기약할 수 없었다. 신림동을 떠날 때가 됐다고 생각했다. 할배파 사람들에게 어디로 가서 공부하면 좋겠는지 물었다. 일단 서울로 쉽게 나오지 못하는 곳으로 정했다. 그래서 찾아간 곳이 가평군 설악면 화야산 중턱에 있는 설천고시원이었다. 봉고차에 책과 옷가지를 실어 올 때, 할배파 사람들이 설천고시원까지 따라와 도와주는 의리를 보였다. 한 녀석이 할아버지를 이 첩첩산중에 버려두고 갈려니 눈물이 난다며 농담 섞인 위로를 해주었다.

나는 설천고시원에서 그동안 느슨해진 마음을 다잡았다. 이렇게 해서는 안 된다는 결론을 내리고 새롭게 각오를 다졌다. 무조건 하루 24시간 중 절반보다 한 시간 많은 13시간 공부하는 것을 목표로 정했다.

달력에 매일 공부하는 시간을 적었다. 어떤 날은 하루 13시간 공부하면 다음날은 일어나기 싫었지만 참고 무조건 일어났다. 그렇게 6개월을 적어 놓은 달력을 보니, 하루 평균 10.1시간을 공부했다. 나 스스로도 엄청 열심히 공부했다는 생각이 들었다. 당시 1차 시험이 8과목이었다.

각 과목별로 4~5회 읽었다. 6개월 동안 하루 10시간씩 공부하고 나니 계절이 두 번 바뀌어 있었다. 설천고시원에 처음 들어왔을 때는 추운 겨울이었는데, 이제 바깥 날씨는 따뜻한 봄이었다. 1차 시험을 며칠 앞두고 마지막 에너지를 쏟으니 오히려 공부했던 것이 기억이 잘 나지 않았다. 익숙한 단어마저 생각나지 않았다.

시험을 치러 가기 전에는 잠을 푹 잤다. 마침내 1차 시험에 합격했다. 사법시험을 준비한 지 8년 만에 첫 1차 시험 합격이었다. 1차 시험 합격 후, 오랜만에 잠깐 고향집에 다녀왔다. 어머니 아버지가 마치 최종 합격한 마냥 기뻐해 주셨다. 1차 시험 합격하고 나니 2차 시험도 바로 합격할 것 같은 기분이 들었다. 고향집에서 며칠을 쉬었다가 처음으로 2차 시험 준비에 들어갔다. 하지만 현실은 냉정하였다. 첫 2차 시험을 보는데다가 미처 준비도 되지 않았으니 당연히 낙방이었다.

사법시험 1차에 합격하면 다음해 2차 시험까지 두 번의 기회를 준다. 나는 이번 2차 시험보다 이듬해 2차 시험을 목표로

한 것인만큼 큰 실망은 하지 않았다. 아버지가 빚내서 마련해
준 돈으로 2차 시험 준비에 본격 들어갔다. 학원 강의도 수강하
면서 1년 가까이 2차 시험 준비해 몰두했다. 20세기가 끝나가
는 세기말이었다. 시험결과는 낙방이었다.

20세기에 합격이라는 영광의 기회는 오지 않았다. 나의 기
쁨을 하느님의 영광으로 돌릴 기회를 주지 않았다. 창밖에는
눈이 내리고 있었다. 1999년, 나에겐 우울한 세기말이었다.

3장

아버지요
말똥이 왔니더

15전 16기,
46세에 사법시험 합격하다

한 세기가 저물고 있었다. 뉴 밀레니엄, 21세기가 다가오고 있었다. 처음으로 1차 시험에 합격한 후, 2번 치른 2차 시험에서 모두 떨어졌다. 처음부터 다시 시작해야 했다. 첫 1차 시험의 합격을 가져다 준 설천고시원으로 다시 들어갔다. 설천고시원과는 좋은 인연이 있으니까 애정도 생겼다.

다른 고시생보다 아침 일찍 일어났다. 화장실 청소도 하고 마당도 쓸었다. 세숫대야의 미끌미끌한 물때도 깨끗이 씻었다. 눈이 내리면 눈도 치웠다. 그렇게 하고 나서 공부를 하니 더 잘되는 것 같았다. 마음도 안정되었다. 이를 본 동료 고시생들은 다소 못마땅해 했다.

"형님이 고시원 총무도 하세요? 왜 그러세요."

고시원에서 자기공부만 하면 되지 별걸 다 하고 있네 하는 눈치였다. 그러거나 말거나 내 할 일만 했다. 깨끗이 청소하고 씻어 놓으면 다들 기분좋아하며 사용했다. 괜히 민망해서 하는 소리라고 생각했다. 그런데 예전과 달리 아는 사람이 많이 있다 보니 옛날처럼 집중할 수 없었다. 새로운 밀레니엄의 해, 21세기에 첫 치른 1차 시험에서도 고배를 마셨다. 설천고시원을 나와 경기도 일죽에 있는 한 사찰로 옮겼다. 일죽에서 또 서울 신림동 고시촌으로, 또다시 설천고시원으로 들어가는 등 3~4개월 주기로 옮겨 다니면서 공부했다.

2001년 두 번째로 1차 시험에 합격했다. 2002년 2차 시험 (4번째 치르는 2차 시험)을 목표로 공부했다. 공부하다가 보니 이번에는 꼭 합격할 것 같은 생각도 들었다. 공부보다는 합격해야 한다는 꿈만 가졌든지, 합격할 것이라는 기대감에 나태해졌는지 네 번째 치른 2차 시험에서도 떨어졌다.

네 번에 걸친 2차 시험에 떨어지니 기대했던 모든 꿈이 무너져 내렸다. 지금까지 참고 견디면서 가졌던 모든 희망이 날아가 버린 듯이 맥이 풀렸다. 고시원 방에서 한 발짝도 나가지 않고 술만 마셨다. 식사시간이 되어도 내려가지 않았다. 고시원 아주머니가 매일 내 방으로 와서 식사는 하라고 나를 달랬다. 돈도 떨어져 고시원비도 주지 못하는 처지였다. 고시원에서는 '저러다가 송장 치르는 일 생기는 거 아니냐?'는 소리도 돌았다.

고시원 주인아주머니는 '봄'이라 부르는 제패니즈 친(Japanese Chin)종인 반려견 한 마리를 키우고 있었다. 사람들과 얘기하기도 싫고 해서 제패니즈 친 봄과 주로 놀았다. 내가 가끔씩 쓰다듬어 주고 안아주고 예뻐해 주어 잘 따랐다. 아침이면 부리나케 내 방 앞으로 뛰어 와서 문을 열어 달라고 문을 막 긁고 대곤 했다.

제패니즈 친은 작은 체구와 넓적한 얼굴을 가진 견종으로 전체적으로 세련되고 우아하다. 영리하면서 순한 성격을 가져 반려견으로 널리 길러지고 있다. 한동안 제패니즈 친 봄하고만 지냈다. 그러다가 퍼뜩 깨달은 것이 있었다. '나를 이렇게 좋아하는 강아지도 있는데, 시험 떨어졌다고 폐인처럼 살아서는 안 되지'라는 생각이 들었다. 나를 좋아하는 강아지를 보고 정신을 차리게 된 셈이었다. 다시 시험공부를 하려고 하니 돈이 한 푼도 없었다.

아버지에게 또다시 빚을 내어 도와달라고 하기에는 너무 염치없는 소리였다. 아주머니에게 정중히 부탁했다. 지금 고시원비가 없는데 나중에 반드시 갚을 테니 외상으로 해달라고 했다. 아주머니는 싫은 기색하나 없이 흔쾌히 그렇게 하라고 하셨다.

첫 1차 시험 합격할 때처럼 매일 공부하는 시간을 적었다. 초심으로 돌아가서 다시 시작했다. 1차 시험과목이 2과목이 줄었다. 8과목에서 6과목이 되었다. 3개월 공부 일정표를 계획해서 반드시 계획대로 공부해 나갔다. 3개월 평균을 내어보니 하루 7.1시간을 공부했다. 첫 1차 시험 합격 때의 절반 정도의 공부시간이다. 하지만 각오와 자세는 처음 그대로였다. 1차 시험 전날, 눈이 많이 내린다는 일기예보가 있었다. 서설이 내린다니 좋은 일이 있을 것 같은 예감이 들었다. 고시원 아주머니는 눈이 많이 내리니 미리 나가서 여관에서 자고 시험을 치라며 여관비도 주셨다.

마침내 세 번째로 1차 시험에 합격했다. 나에게도 하느님이 기회를 주시는구나 생각되었다. 2차 시험 준비를 위해 서울 신림동으로 들어왔다. 서울에 올라오니 제패니즈 친 봄이 보고 싶어졌다. 마치 연애하듯이 저녁에는 잠이 오지 않았다. 폐인으로 지내던 나를 반려견 봄이 깨닫게 해주었다고 생각하니 더욱 보고 싶었다. 아주머니에게 봄이 잘 있냐고 안부 전화도 했다. 시장에 나가 봄이 좋아하는 간식용 과자를 한 상자 사서 보내주었다.

봄에 대한 나의 애정의 선물이었다. 설천고시원을 운영하셨던 손현숙 한재호 사장님 부부는 지금 고시원을 그만두시고 '설천농장'이라는 사과농장을 운영 중이다. 그때 인연으로 선물용 사과를 구입할 때는 설천농장을 애용하고 있다.

경기도 마석의 한 고시원에서 총무부장을 구한다는 소식을 들었다. 총무부장은 고시원 건물을 청소하는 것이 아니라 고시생들 공부를 관리 감독하고 시험 채점도 하는 일을 했다. 고시원은 옛날 한솔제지연수원 건물을 기숙학원으로 개조해 사용하고 있었다. 이력서를 보여주었더니 함께 하자고 했다.

1차 시험도 3번 붙었고, 나이도 있고 해서 좋게 평가한 모양이었다. 고시원은 한 방에 큰 침대 두 개 들어가고, 목욕탕도 따로 있는 방은 1인당 월 70만 원이었다. 총무부장을 맡은 나는 창문이 없는 방인 소위 먹방으로 불리는 방을 사용했다. 비용은 55만 원인데 총무부장을 맡은 나는 무료로 사용했다.

고시원 비용이 들지 않으니 돈 걱정 할 일이 없었다. 한 달에 10만 원만 있어도 충분히 생활할 수 있었다. 오랜만에 시설좋은 고시원에서 총무부장을 하면서 2차 시험을 준비했다. 돈걱정을 하지 않으니 한결 공부가 머릿속으로 쏙쏙 들어왔다. 2차 시험은 과목별 배당 점수, 시간 배정 등 전략을 잘 세워야합격할 수 있다고 했다. 실력은 있어도 전략을 제대로 세우지않으면 소용이 없었다.

그동안 공부해온 노하우를 토대로 하여 필승 시험전략을세웠다. 민사소송 과목 같은 것은 목차별로 해서 모조리 외워버렸다. 언제 어디서든지 한 마디만 하면 곧바로 튀어 나올 수있도록 반복해서 외웠다. 이제 여섯 번째 2차 시험이 나의 마지막 시험이라고 배수진을 쳤다. 사실이 그러했다.

2004년 1차 시험부터는 외국어 과목을 토익시험으로 대체했다. 가뜩이나 영어를 못해 주눅이 들어 있는 상황에서 토익시험은 나에게 넘을 수 없는 4차원의 벽, 이른바 넘사벽이었다. 시험 삼아 토익시험을 보았다니 260점 밖에 나오지 않았다. 토익점수 커트라인이 700점인데 그 절반도 되지 않았다. 고시원 동료들이 내 토익점수를 보더니 '신발사이즈'라고 놀려댔다.

내가 사법시험 공부를 오랫동안 하게 된 이유도 외국어 과목 때문이었다. 영어 기초 실력이 부족하여 영어 과목을 선택할 수 없었다. 처음 사법시험 공부를 시작할 때는 영어를 한두 번 정도 선택했다가 곧바로 일본어로 바꾸었다. 일본어가 우리 한글 어순과 같아 배우기 쉽다고 해서 일본어로 바꿨다. 문제는 일본어 시험이 유독 어렵게 출제된다는 것이었다.

한번은 독일어 시험을 엄청 쉽게 출제한 적이 있었다. 1차 시험 합격생들의 80% 가까이가 독일어를 선택한 것으로 나타났다. 일본어 공부를 꾸준히 하여 시험점수가 70점 넘게도 받았다. 그런데 독일어가 쉽다는 말에 일본어에서 다시 독일어로 바꾸었다.

『이 책 한 권이면 무조건 80점』이라는 독일어 수험책이 있었다. 분량도 그리 많지 않았다. 이 정도라며 거꾸로 외워도 되겠다며 허세를 부리며 독일어로 바꾸었다. 웬걸, 과락을 면한 50점을 조금 넘겼다. 세 번째 1차 시험 합격할 때 독일어 점수는 75점을 받았다. 외국어로 인한 극심한 스트레스로 요즘도 잠을 자다가 꿈속에서 독일어 책이 보이면 깜짝깜짝 놀라곤 한다.

나는 2차 시험을 치르고 나선 고향집에 내려가 있든가 아니면 친구 집에서 머물기도 했다. 발표일이 가까워지면 다시 고시원으로 올라와 지내다가 신림동에서 합격여부를 최종 확인했다. 이번 2차 시험 합격자 발표는 12월 3일로 예정되어 있었다. 보통 발표일 오후 2~3시 경에 합격자를 발표했다.

이번에는 합격한다고 생각하고 고향집에 내려가기 위해 발표일 오전에 고시원을 나섰다. 서울 구의동 동서울버스터미널에서 강릉행 고속버스를 탔다. 강릉에서 다시 울진 가는 시외버스를 갈아탈 작정이었다.

강릉에 내려가는데 오후 4시가 지나고 있었다. 합격자 명단을 본 고시원 동생들에게서 "형, 합격했어!"라는 전화가 와야 하는데 전화는 울리지 않았다. 연신 휴대폰만 만지작거렸다. 5시가 되어도 아무런 연락이 없었다. 진짜 마지막 불꽃을 태웠는데, 하느님은 나를 외면하시는구나 생각이 들었다. 연락이 오지 않는다는 것은 떨어졌다는 의미였다.

5시가 좀 지나서 강릉에 도착했다. 시험에 떨어졌으니 고향집에도 갈 수도 없었다. 강릉에서도 갈 곳은 없었다. 앞으로 어떻게 해야 하나, 어떻게 살아가야 하나 오만가지 생각이 머릿속을 스쳐갔다. 벼랑 끝이라고 생각했고 준비했는데, 정말 모든 것을 포기하고 싶어졌다.

강릉 경포대로 택시를 타고 갔다. 솔밭 사이에 작은 포장마차가 하나 보였다. 무 시래깃국과 소주 한 병을 시켰다. 노란 양은 냄비에 담겨진 시래깃국은 3,000원, 소주 한 병은 1,500원에 팔고 있었다. 소주 한잔을 따라 마셨다. 아침을 먹은 후 아무것도 먹지 않은 빈속이라 속이 찌르르 올라왔다.

오늘따라 시래깃국이 더 구수하면서 감칠맛이 났다. 그런데 오십이 다 되어가는 내 인생은 왜 이다지 풀리지 않을까? 내 인생도 여기까지인가? 라는 생각이 들었다. 혼자서 소주 한 병을 다 마셨다. 조금 적게 따라 마셨는지 딱 8잔이 나왔다. 두 번째 시킨 소주병을 따려고 하는데 전화벨이 울렸다. 함께 공부했던 용석이 동생이었다.

"형, 오늘 발표 안했어요. 하루 연기되어 내일 10시에 발표한답니다."

벼랑 끝 회생이라고 할까? 용석이의 말을 듣자 인생포기 일보직전에서 다시 삶에 대한 의욕이 확 일어났다. 하느님이 나를 저버리지 않으셨다는 생각이 들었다. 아직 나에게 기회가 있다는 생각을 하니 내일 합격자 명단에 주재현 내 이름 석자가 있을 것만 같았다.

다시 서울행 고속버스를 탔다. 구리에 도착해보니 이미 밤 늦은 시간이라 고시원으로 가는 차는 벌써 끊어지고 없었다. 주머니를 뒤지니 가진 돈이라곤 5만원이 채 되지 않았다. 내일 신림동으로 갈 교통비를 남겨두고 맥주 7병을 샀다.

근처의 한 여관으로 들어갔다. 여관비는 2만5,000원이라고 했다. 남은 돈은 2만3,000원. 2,000원이 모자랐다. 가진 것이 이것밖에 없다고 하니 2만3,000원만 달라고 했다. 맥주 7병 만 다 마시고, 자고 일어나면 "형, 축하해요"라는 전화가 빗발칠 것 같았다. 맥주를 마시면 취해야 하는데 취하지 않았다. 새벽이 되어가도 취하지도 않고 잠도 오지 않았다. 머리만 지끈지끈 아파왔다. 결국 뜬 눈으로 밤을 지새우다시피 했다.

새벽녘에서야 겨우 눈을 붙였다가 깨어나 보니 10시가 넘어 있었다. 그런데 아무런 소식이 없었다. 이제는 정말 떨어졌구나 생각했다. 이제 더 이상 공부를 할 여력도 없고, 에너지도 남아 있지 않았다.

2004년 12월 관보에 게재된 제46회 사법시험 합격자 명단(위).
법무부가 발행한 사법시험 합격증명서(아래).

신림동으로 가서 합격자 명단을 확인하고 앞으로 무엇을 해서 먹고 살지를 최종 결정하기로 했다. 잠실역까지 가는 좌석버스에 올랐다. 잠실역에서 지하철로 갈아타려고 버스에서 내리려고 할 때였다. 전화 벨소리가 유난히도 크게 울렸다.

"형, 형, 합격했어요!"

할배파 동생 성태에게서 온 전화였다. 합격했다는 소리를 듣자 갑자기 머리가 띵해졌다. 버스에서 내리자마자 오바이트를 하기 시작했다. 엉거주춤 길가에 앉아 "꽥…꽥…", 먹은 것이 맥주뿐이라 헛구역질만 했다. 다시 정신을 차려 성태에게 전화를 걸어 수험번호를 확인했다. 성태도 자기 일처럼 기쁜 나머지, 흥분해서 수험번호를 얘기하는 바람에 정확히 알아듣지 못했는데 비슷했다.

신림동 고시원 촌에서 합격자명단을 최종 확인했다. '11136114 주재현', 수험번호와 이름이 뚜렷이 보였다. '아, 이제 다 왔구나', 16년 가까이 이어져온 대장정이 끝났다. 15전 16기 참으로 긴 세월이었다. 너무나 오랜 기다림의 결과였다. 아버지와 어머니에게 전화를 드렸다.

"재현아, 고생 많았다. 장하…", 아버지가 말을 다 끝맺지 못하시고 전화기 너머에서 우는 소리가 들렸다. 아버지도, 어머니도 울고 계셨다. 나도 따라 울었다.

삼촌들에게도 전화를 했다. 삼촌도 우셨고, 숙모도 우셨고, 그날 저녁 우리 집안 모두가 울었다. 우리 가족이 처음 흘린 기쁨의 눈물이었다. 고향 울진에는 '축, 주재현 사법시험 합격'이라는 현수막이 26개가 걸렸다.

하당리 6반 말똥이,
사법연수원 6반 반장되다

2005년 3월 2일, 사법연수원 36기생으로 입소했다. 36기생은 998명이었다. 사법연수원에 입소하면 법원 별정직 5급 공무원 대우를 받아 매달 100여만 원 남짓의 월급을 받았다. 사법연수원에는 각 기수별로 자치회를 운영했다. 자치회 운영을 위해 매달 월급에서 자치회비 5만 원을 공제했다.

자치회에는 회장과 부회장, 반장과 조장을 두었다. 자치회장은 연수원생 가운데 최고령자가, 부회장은 차고령자가 맡았다. 반장과 조장은 나이순으로 맡았다. 36기는 16개의 반으로 구성되었는데 1개 반은 60명 안팎이었다. 내가 36기생 가운데 네 번째로 나이가 많았는데 6반 반장을 맡았다. 지도교수님이 반장 제의를 했을 때, 주저하지 않았다.

사법연수원 시절, 제36기 자치회 6반 A조 연수생들(위)과
자치회 6반 전체 연수생들과 찍은 기념사진(아래).

나는 어릴 때 말똥이로 불렸다. 우리 하당리에는 말똥이 나 말고도 개똥이, 소똥이 형들이 있었다. 1960~70년대에는 말 똥이, 소똥이, 개똥이란 별명이 많았다. 당시만 해도 유아사망 률이 높던 때라서, 이름을 부르면 귀신이 데려갈 수도 있다고 귀한 아이일수록 일부러 천한 이름을 썼었다.

나도 우리 집안의 장손이라서 말똥이로 불리게 되었다. 내 가 태어난 곳이 경북 울진군 북면 하당리 6반이다. 하당리 6반 귀한 말똥이가 사법연수원에서 6반 반장을 맡게 되었다. 흥미 로운 인연이었다. 6반 반장으로서 처음, 60여 명의 연수원생 들과 교수님들 앞에서 인사를 할 때였다. 미리 연습을 했지만 긴장이 되니까 땀도 나고 떨리기도 했다.

"내 고향은 경북 울진군 북면 하당리 6반입니다. 그런데 내 가 오늘 사법연수원 36기의 6반 반장이 되었습니다."

내가 6반 반장으로서 한 인사말 첫마디였다. 사법연수원에 서는 변호사 교수 2명, 부장검사 교수 1명, 부장판사 교수 2 명 등의 교수진이 자신의 담당분야인 변호사, 검사, 판사 업무 의 실무를 가르쳤다. 내가 늦은 나이에 시험에 합격하다보니 교수님들 중에는 나보다 나이가 아래인 교수님도 계셨다. 6반

지도교수님이 계셨는데, 교수님은 내가 찾아가는 것을 송구스러워했다. 지도교수 집무실에 계시다가 내가 올라가면 벌떡 일어나 문 입구까지 걸어오셨다.

"반장님, 이런 것은 조장시키시고 반장님이 직접 오지지 않아도 됩니다."

그 후부터는 특별한 사항이 아니면 6반의 각 조장들이 지도교수를 찾아가 지시를 전달 받곤 하였다. 사법연수원에는 연수생들의 유대감 형성을 위해 정기적인 반별 모임을 가졌다. 각 조별 모임은 수시로 갖고 했다.

사법시험에 합격하고 연수원에 들어가니 어떻게들 알았는지 결혼 중매 전화문의가 많이 왔다. 중매쟁이, 이른바 뚜쟁이들이 연수원생 명단을 입수하여 무작위로 전화를 걸어오는 것 같았다. 2년간의 사법연수원 일정은 빠듯하게 돌아갔다. 과제가 많으니 과제물 준비하기가 바빴다. 미처 따라가기 벅찰 정도로 빠듯했다.

사법연수원을 수료하고 나서 곧바로 변호사 개업을 할 계획이었다. 그래서 변호사 개업 준비도 하나씩 해나갔다. 과제

사법연수원에도 수학여행이 있었다. 36기 6반 연수생들 제주도 수학여행 때 찍은 사진.

물 해야지, 개업 준비 해야지, 눈코 뜰 새 없이 바쁘다 보니 선뜻 결혼 중매에 응할 시간여유가 없었다. 사법연수원에는 유급 제도가 있었다. 유급을 받으면 1년을 더 다녀야 했다. 2년 기간의 연수과정을 마치고 수료를 앞두고 있었다. 36기생 가운데 총 8명이 유급되었다는 얘기가 연수원에 돌았다. 아직 정확한 명단이 나오지 않았는데 반장 2명, 조장 2명, 일반 연수생 4명 총 8명이 유급대상자라고 했다. 당시 검찰 연수를 받고 있는데 자치회 부회장이 나에게 전화를 했다.

"주형! 이번에 유급된 반장 2명이 있으니 빨리 지도교수님에게 확인해봐."

우리 6반 조장 동료들도 6반 반장인 내가 유급당한 것이 아닌가 걱정하고 있었다. 자치회 부회장이나 6반 조장들이 전부 나를 콕 찍어서 유급당한 것 같다고 염려하고 있으니 걱정이 이만저만이 아니었다.

내가 반장을 맡아 우리 6반 동료들을 위해 열심히 활동한 것밖에 없는데 유급이라니, 어안이 벙벙했다. 지도교수님에게 확인 전이었지만 다들 그렇게 얘기하니 정말 내가 유급당한 기분마저 들었다. '아, 하느님이 나를 마지막 시험을 하고 계시는 구나'라는 생각이 들었다. 내가 유급이라고 생각하니 창피하기도 하고 유급이라면 어떻게 해야 하나 골똘히 생각해 보았다. 혼자서 가만히 생각해 보니 유급이라도 사법시험 합격이 취소되는 것은 아니었다. 단지 1년 늦게 사법연수원을 수료할 뿐이었다. 갑자기 마음이 홀가분해졌다. 내가 누구인가? 15전 16기만에 합격한 오뚝이 주재현 아닌가? 나와 친한 지도교수님이 계셨다. 부장판사이신 윤경 지도교수님이셨다. 교수님도 소아마비로 인해 나처럼 다리가 불편했다. 윤경 지도교수님에게 전화를 드렸다.

"교수님! 우리 반에도 유급이 한명 있다고 들었습니다."

교수님이 다소 풀이 죽은 목소리로 말씀하셨다.

"그렇다네. 안타깝게도 한명 있어."
"교수님! 유급된 사람이 바로 저죠?"
"아니야. 주 반장은 시험 잘 쳤어."

지도교수님의 얘기를 듣고 나니 조아렸던 마음이 가라앉았다. 그리고 동료들에게 "난 유급 아니야"라고 당당히 얘기했다. 교수님의 "시험 잘 쳤다"는 말씀을 듣고 연수원 성적을 확인해 보았다. 유급을 면하려면 연수원 성적이 2.0이 넘어야 했다. 그런데 내 점수는 아무리 살펴보아도 2.0이 나오지 않았다. 교수님이 잘못 알고 계신 것이 아닐까라는 생각마저 들었다. 어디 가서 얘기를 할 수도 없고 해서 며칠 동안을 고민했다. 자치부회장에게 성적을 합산하는 기준이 무엇이냐고 물어보았다. 일반 성적에다가 검찰과 법원의 실무점수까지 합산하는 거였다.

그래서 내 점수를 합산하니 2.0이 훨씬 넘었다. 유급대상이 아니었는데 괜한 소문에 지레 겁먹고 마음 조린 것이었다. 오히려 2년간의 사법연수원 수습기간 중 자치회 임원으로서 자치활동에 크게 공헌하였다고 사법연수원장 표창장을 받았다.

보라색 털신으로
맺어진 천생연분

내가 집사람을 처음 만난 것은 뉴 밀레니엄을 앞둔, 1999년이었다. 처음으로 1차 시험에 합격하고 두 번에 걸친 2차 시험에 모두 떨어져 의기소침해 있을 때였다. 고시원에서 만나 친동생처럼 지내던 창열이가 춘천 집에 간다고 했다.

나도 마침 이가 아파 고생하고 있어 치과진료를 받아야 했다. 창열이가 마침 춘천에 잘 알고 있는 치과의사가 있다고 해서 따라 나섰다. 초겨울이라서 스님들이 즐겨 신는 검은색 털신을 신었다. 춘천에서 치과진료를 마치고 나서 늦은 점심으로 삼계탕을 먹었다. 허리통증이 좀 있어 부황기도 하나 샀다. 고시원으로 돌아가도 저녁을 먹을 시간이 좀 어중간했다. 그때 창열이가 알고 지내는 누나가 마침 춘천에 살고 있다며 전화를 했다. 전화를 하고 나서 얼마 지났을까, 예쁘장하면서도 세련돼 보이는 여성이 나와 창열이 앞에 나타났다. 창열이가 그 여성을 "미경이 누나예요"라고 하고, 나는 "제일 좋아하는 형이에요"라고 서로를 인사시켰다. 간단히 목례를 하고 나자 그 여성분이 환하게 활짝 웃는 거였다. 처음 만난 여성이 웃으니 괜히 멋쩍었다. 그때 내가 신고 있던 검은색 털신을 가리키면서 이렇게 말했다.

"저 털신, 스님들이나 할아버지 할머니들이 겨울에 신는 신발 아녀요? 재미있으신 분이네요."

스님 신발이 따로 있고, 목사님 신발이 따로 있을까. 내 발에 편하고, 내 발 따뜻하면 최고 아닌가. 만년 고시생에게 신발이 그리 중요하지 않았다. 내가 '할배파 보스요!'라고 말하려다가 침을 꿀꺽 삼켰다. 그냥 빙긋이 따라 웃었다. 삼계탕을 먹은 지 두세 시간밖에 지나지 않았다. 아직 시장기가 느껴지진 않았지만 춘천에서 꽤 맛집인 듯한 해물탕집으로 들어갔다. 해물탕과 소주 1병을 시켰다. 찬바람을 쐬다가 따뜻한 방에서 소주를 한두 잔 마셨더니 졸음이 쏟아졌다. 처음 만난 여성분에게 양해도 구하지 않은 채 상 귀퉁이에 잠깐 누웠다. 언제 잠들었는지 모르게 달게 자는데 누가 나를 깨웠다.

"형, 이제 고시원으로 들어가요."

　창열이 동생이었다. 맛있게 자다가 일어나보니 갈 채비를 하고 있었다. 오늘 만나서 반가웠다고 인사를 하고 고시원으로 돌아왔다. 고시원에 돌아온 이튿날, 창열이가 회색 면 티셔츠를 하나 주었다. 무슨 옷이냐고 했더니, "미경이 누나가 형 입으라고 하나 사 주었어요"라고 말했다. "이런 고마울 데가 있냐. 고마워"라며 옷을 바로 입어보니 딱 맞았다. 면 티셔츠를 입고 나니 답례를 해야겠다는 생각이 들었다.

　여성 분으로부터 선물을 받았는데 그냥 있을 수는 없었다. 며칠을 고민하면서 생각해 보았다. 그러다가 "아~하!" 떠오른 것이 있었다. 털신이었다. 처음 만났을 때, 나의 털신에 신기해하며 웃은 것이 생각났다. 여성용 털신은 색깔로 다양하고 남성용보다는 예뻤다.

　인근 시장에서 보라색 털신을 하나 샀다. 빨간색 털신과 보라색 털신을 놓고 한참 고민하다가 보라색으로 정했다. 보라색이 여성스럽고 우아한 색인데다가 품위와 고상함, 자존감을 상징하여 예로부터 왕실에서 사용했었다. 보라색의 의미도 괜찮아서 보라색 털신을 선물하기로 정했다.

최근 사진 전문 스튜디오에서 오랜만에 아내와 기념사진을 찍었다.

창열이에게 춘천으로 나갈 일이 있으면 미리 얘기해 달라고
했다. 회색 면 티셔츠도 창열이가 전달해 주었으니 보라색 털
신도 창열이 편에 전달해 주기로 했다. 며칠 후, 창열이가 춘
천에 다녀올 일이 있다고 했다.

"창열아, 이거 지난번에 만났던 누나 분에게 전해줘라. 면
티셔츠 고맙다고 꼭 전해주고."

집사람과의 인연은 이렇게 시작됐다. 그 후에도 연락을 주
고받든가 만나든가 하지 않았다. 혼자 있을 때면 집사람이 자
꾸 눈앞에 아른거렸다. 먼저 연락을 해볼까도 했지만 연락하
지 못했다. 전화기를 들었다 놓았다 수십 번 했다. 그때 나는
집사람의 연락처를 방바닥 장판에 써놓았다. 집사람의 연락처
를 지웠다 다시 썼다 하다보니 방바닥 검게 변해 잘 지워지지
않았다. '방바닥에다가 무엇을 하였기에 이렇게 지저분해요?'
라고 물어 볼 것 같았다. 그렇게 집사람에 대한 나의 사랑은
싹트기 시작했다.

집사람을 다시 만나게 된 것은 내가 사법시험에 합격하고
사법연수원에서 연수생으로 있을 때였다. 춘천의 한 횟집에서
조촐한 축하모임이 있었다. 그때 두 번째로 인사를 나눴다. 그

후 얼마 있어 창열이를 만났더니 부탁이 있다는 거였다.

"미경이 누나 언니의 딸이 하나 있어요. 결혼할 나이인데 형과 같이 있는 연수원생 중에서 신랑감 하나 소개시켜 줄 수 있어요? 누나가 꼭 여쭤봐 달라고 했어요."

연수원 동기 중에서 조카 신랑감 하나 소개시켜 달라는 거였다. 내가 반장으로 있는 6반 동기 중에서 한사람을 소개해 주었다. 잘 되면 양복 한 벌 얻어 입을 수 있으니 잘 되길 바랐다. 인륜지대사인 결혼 문제라서 생각만큼 쉽지는 않았다. 결국 내가 소개해준 동기와 인연은 되지 못했다. 조카의 중매 일로 몇 번 만나다 보니 사람이 야무지고 싹싹한데다가 아주 쾌활했다. 그리고 예쁘장하면서도 털털한 성격이었다. 그 후 집사람은 만나면 만날수록 나를 편안하게 해주었다. 나이는 한 살밖에 차이나지 않지만 사회생활이 일천한 나보다 훨씬 어른스러웠다.

집사람은 생활력이 강해 어떤 어려움에도 굴하지 않고 운명을 스스로 개척해 가는 당찬 여성이었다. 내가 연수원 수료를 앞두고 있었을 때였다. 집사람에게 개인적인 송사가 하나 생겼다. 송사라면 내 전공이 아닌가? 아직 연수원을 수료하지

연세대학교 법무대학원 졸업식 때 아내와 함께 찍은 기념사진.

못해 정식 변호사 자격을 획득하지 못했지만 내가 알고 있는 법률지식과 상식을 총동원했다. 송사가 잘 마무리 되었을 때, 내일처럼 기뻤다. 이제 우리는 한 발짝 서로에게 더 다가섰다.

하루는 아버지 어머니가 병원 진료를 위해 서울에 오셨다. 내가 숙소로 사용하는 오피스텔에서 하룻밤을 주무시고 집사람의 지인이 운영하는 한 고깃집으로 모셨다. 내가 부모님 식사를 대접한다고 했더니 집사람이 친구가 하는 맛있는 집이라며 소개해 주었다. 마침 그날 집사람도 와 있었다.

"아버지 어머니, 이 집이 서울에서 꽤 유명한 집입니다. (집사람을 가리키며) 이 분이 소개해 주었는데 고기 맛이 아주 좋습니다. 오늘 특별히 맛있는 고기를 준비했다고 합니다."

내가 이렇게 말씀 드리자 아버지와 어머니가 고맙다는 눈인사를 집사람에게 했다. 그날 집사람은 마치 자신의 부모를 모시듯이 서빙을 도와주었다. 며칠 후 막내 남동생이 눈치를 챘는지 나에게 추궁하듯이 물었다.

"큰형! 결혼할거야, 말거야? 가까이 지내는 여자는 있어, 없어?"

"음… 있긴 있는데 아직 결혼은 생각 안하고 있어."

"큰형, 누구야? 그 분 전화번호 내게 줘봐."

"내가 알아서 할 테니, 넌 가만히 있어."

그냥 있으라고 해도 막내 남동생은 막무가내로 보챘다. 못 이기는 척하다가 전화번호를 알려주었다. 이제 우리는 양가 어른들을 찾아 인사를 드렸다. 정식 커플로 공식선언을 하였다. 내가 변호사 개업을 하고 4년이 지난 2011년 11월 26일, 결혼식을 올렸다. 아버지는 병세가 악화되는 바람에 결혼식을 보지 못하고 돌아가셨다. 집안의 장남으로서 아버지에게 불효를 하고 말았다. 지금도 그때를 생각하면 가슴이 미어진다.

집사람과 결혼한 지 올해로 8주년이다. 내가 서울 서초동 법조타운에서 13년차 중견 변호사로서 자리를 잡아 갈 수 있는 것은 모두 집사람의 덕이다. 사랑은 사랑하는 이와 함께하는 여행이라고 했다. 이제 집사람은 내가 걸어가는 길에 있어 가장 든든한 내조자이자 후견인이다. 보라색 털신이 맺어준 우리들의 사랑은 끝이 없을 것이다.

아버지는
내 마음 속 영원한 파수꾼

아버지는 평생을 미워해도 끝끝내 미워할 수 없는 애증의 관계다. 미움의 대상이지만 결국엔 동반자가 되고 말년에는 형제가 되는 애정의 상대라고 한다. 나는 학창시절 늘 아버지를 원망했었다. 중학생 때부터 고등학생 때까지 쓴 일기에서 하루도 아버지 얘길 쓰지 않은 적이 없었다. 학교에서 돌아오면 아버지는 항상 툇마루에 핏기 없는 얼굴로 힘없이 앉아 계셨다. 아버지는 밭은기침을 하실 때마다 피를 토하셨다. 아버지가 누워계신 방에서는 항상 마른기침 소리가 들려왔다.

나는 아버지의 그런 모습을 일기에 담았다. 아버지가 일찍 돌아가시면 우리 가족은 편안하게 살 수 있을 것 같다는 내용의 일기도 여러 번 썼다. 이처럼 폐결핵으로 투병하는 아버지의 안쓰러운 모습과 아버지가 계시지 않으면 더 행복할 것 같은 우리 가족의 모습을 그려보는 일기도 많이 썼다.

아버지와 아들 사이에 원초적으로 생길 수밖에 없는 감정, 오이디푸스 콤플렉스다. 아버지는 늘 당신의 일만 하고 자식들과는 가깝지는 않다고 생각했다. 그래서 아버지와의 관계는 늘 불편하고 어색했다. 아버지가 잘해주어도 편하지 않았다. 가까이 있는 것이 오히려 불편하게 생각되었다. 한방에서 있으면서도 데면데면 하는 관계였다.

아버지는 초등학교를 졸업하고 동네에서 한문을 가르치는 학방에 다니셨다고 했다. 10대 후반에는 돈을 벌겠다며 친구들과 함께 도회지를 다니시곤 했다. 19살에 어머니와 결혼하고도 아버지는 늘 친구들과 어울려 다니셨다. 돈을 벌어오겠다고 도회지로 갔지만 돈은 벌지 못하고 노름만 배워왔다고 했다. 집에 돌아와서도 아버지는 걸핏하면 노름판으로 달려가셨다고 했다. 그러다가 30대 초반에 폐결핵에 걸리셨다.

아버지는 폐결핵에 걸리신 이후 오히려 삶에 대한 욕망은 매우 강하셨다. 식사도 더 많이 잘 드셨다. 돈이 없으면 여기저기 빌려서라도 병원에 가서 약을 받아오시곤 했다. 폐결핵

부산대 졸업식 때, 필자의 학사모를 쓰고 졸업가운을 입으신 아버지.

에 좋다고 하여 닭과 개는 물론이고 뱀도 수십 마리 고아 드셨다. 그래서 아버지는 살아 남으셨다. 폐결핵에 걸린 아버지 친구들 중에서 두 분은 30대에 돌아가셨다. 우리 고향집에는 닭을 기르지 않았다. 닭은 곡식 사료를 먹여야 잘 크는데, 우리집에선 떨어진 벼이삭도, 방앗간에서 나온 싸라기도 사람이 다 먹었다. 그러면 어머니는 이웃동네까지 가서 닭을 구해 오셨다. 아버지가 노름을 시작한 것은 어머니와 결혼한 후라고 했다. 20대 초반의 혈기 왕성한 아버지는 하고 싶은 것은 많은데 할 수 있는 것이 별로 없었다. 논은 10마지기가 있었는데 1,500평밖에 되지 않았다(당시 우리 고향에서는 150평이 1마지기였다).

통일벼가 나오기 전이라 소출이 얼마 되지 않았다. 10마지기의 논에서 수확한 쌀로 우리가 먹고, 일부는 팔아서 먹거리와 생필품을 샀다. 증조할아버지가 살아 계시어 마음대로 논도 팔 수 없었다. 어머니 말씀에 따르면 내가 태어나고 6개월부터 아버지가 노름을 하셨다.

쌀은 우리집안의 생명줄과 같았다. 쌀이 있어야 밥을 해먹고, 쌀을 내다 팔아야 고무신도 사고 고등어라도 한 손 사서 구워먹을 수가 있었다. 내 어릴 적, 증조할머니는 쌀독을 안고 사셨다. 매 끼니때마다 증조할머니가 직접 쌀독에서 정량을 들어 어머니에게 주셨다.

쌀을 퍼내주고 난 다음에는 쌀 위에 콩을 얹어 두었다. 콩들이 쌀과 섞여 있거나 콩이 사라지고 없으면 누가 쌀을 퍼간 것으로 간주하셨다. 그런데 아버지는 증조할머니 몰래 쌀을 퍼내어 팔았다고 어머니가 말씀하셨다. 아버지는 쌀을 퍼내고 다시 콩을 원래의 모양대로 해놓으셨다는 것이다. 당시 흰쌀밥을 먹는다는 것은 언감생심이었다. 주로 꽁보리밥이나 나물을 많이 넣은 죽을 많이 먹었다. 여름 저녁에는 옥수수와 감자로 끼니를 때우는 경우가 많았다.

아버지는 노름을 하시면 곧잘 밤을 지새우곤 하셨다. 저녁에 나가셨는데 아침 식사할 때가 되어도 돌아오시지 않았다. 어머니는 나에게 아버지를 모시고 오라고 하셨다. 아버지가 계신 곳에 가면 아버지는 연신 담배를 피워대며 노름을 하고 계셨다.

"아버지요, 엄마가 진지 잡수러 오라니더."
"오냐, 알았다."

아버지는 대답은 하시지만 표정은 신경질이 머리끝까지 오르셨다. 집에 오자마자 아버지는 어머니에게 한바탕 쏘아대셨다.

"다른 집 애들은 하나도 오지 않는데, 창피스럽게 당신은 왜 애들을 보내고 그래?"

어머니 또한 가만히 계시지 않았다. 한마디 말대꾸하시면 부엌은 온통 물난리로 변했다. 아버지는 반쯤 담긴 물 항아리를 부엌바닥에 세게 탕 내려놓으셨다. 물 항아리가 쫙 깨지면서 흘러나온 물이 아궁이며 부엌 전체를 물바다로 만들었다. 밤에 자려고 가만히 누워 있으면 아버지와 어머니 다투는 소리가 종종 들렸다. 주로 장남인 나 때문에 다투고 계셨다.

"자식이 장애가 되었으면 당신이 돈을 벌어서 애를 병원에 데려가야지요?"

어머니가 말씀하시면 아버진 이렇게 얘기하셨다.

"이 사람아 내 마음대로 할 수 있나? 나도 답답하니 노름이라도 해서 돈을 벌어 병원에 데려가려고 그랬지."

아버지의 입장에서 생각해 보았다. 당신 또한 언제 어떻게 될지 모르는 상황에서 고통스러운 자식의 모습을 지켜볼 수밖에 없는 상황이라면? 아버지의 가슴은 아마 새까맣게 타들어 갔을 것이다. 노동을 해야 돈을 벌 수 있는데, 불편한 몸으로는 아무것도 할 수 없었다.

할 수 있는 것이라곤 노름뿐이었다. 아버지 스스로 살아가고 있다는 것을 확인시켜 주는 것이 노름이었다. 노름마저 하지 않으셨다면 아버지의 삶은 오히려 더 불행했을지 모른다. 노름으로 번 돈으로 자식의 다리를 수술할 수 있었다.

아버지는 내가 초등학교에 다닐 때, 업어서 학교에 데려다 주셨다. 4학년 때는 다리 수술을 위해 나를 들쳐 업고 서울로 갔다. 버스와 기차를 타고 10시간 이상 걸려 도착한 서울에서 4시간 동안이나 거리를 헤매셨다. 복숭아 두 개를 사서 아들과 허기를 달래던 아버지. 병원에 입원해 있을 땐, 따로 식사를 시키지 않고 내가 남긴 밥을 조금 드셨다. 아버지는 아들의 다리를 수술할 수 있는 곳이라면 어디든지 찾아가셨다. 여수 애양재활병원을 마침내 찾아내어 아들의 다리 수술을 받게 하셨다.

5형제인 아버지가 삼촌들과 찍은 사진(위).
추석 명절 때, 아버지와 큰삼촌 묘소를 성묘하고 차례를 지내는 모습(아래).

나이를 먹은 후에 알게 되었다. 아버지란 이런 존재라는 것을. 아버지의 마음속에는 늘 자식에 대한 사랑이 있었다. 단지 말씀하지 않고 표현하지 않았을 뿐이었다. 자식이 대학 졸업하고 나이 40이 넘어도 사법시험에 합격하지 못해도 아무 말씀을 하지 않으셨다.

아들 친구들이 "재현이 요즘 뭐하고 지내요?"라고 물어도 아무 말씀도 못하셨다. 아들이 사법시험에 15전 16기만에 합격하여도 아무 말씀 없으셨다. 그냥 울기만 하셨다. 그러다가 혼자서 빙긋이 웃으셨다. 얼마나 답답하셨을까 생각하면 가슴이 너무 아프다.

내가 변호사를 개업한지 4년차인 2010년, 아버지가 돌아가셨다. 9년이 지난 요즘 들어 아버지가 자주 생각나곤 한다. 아버지의 따스한 체온이 그리워진다. 나는 항상 아버지 등에 업혀 학교에도 가고 병원에도 갔다. 아버지 등은 언제나 가장 편한 나의 발이 되어주었다.

아버지는 항상 내가 세상에 나가 '나의 삶'을 살도록 말없이 지지해 주셨다. 내가 아버지에게 가장 죄송스럽고 불효막심한 것은 결혼하는 모습을 보여드리지 못한 것이다. 아버지가 1년

만 더 사셨더라면 아니 내가 1년만 더 서둘렀다면 아버지는 내가 결혼하는 것을 보고 눈을 감을 수 있었을 것이다. 너무나 죄송스럽고 후회막급이다.

아버지와 아들사이에는 아버지를 이해하면서도 설명할 수 없는 미묘한 그 무엇이 꿈틀대고 있다. 고려가요 사모곡은 아버지의 사랑을 호미에 비유하고, 어머니의 사랑을 낫에 비유했다. 아버지의 사랑은 호미의 날처럼 무디고 무뚝뚝하다는 것이다. 이정록 시인은 아버지란 연탄 같은 것이라 했다. 연탄은 숨구멍이 곧 불구멍이다.

연탄은 그 집의 가장 낮고 어두운 곳에서 한숨을 불길로 뿜어 올린다. 헉헉대던 불구멍 탓에 아버지는 쉬이 부서지게 된다. 갈 때 되면 그제야 낮달처럼 창백해지는 것이 아버지라고 했다. 내 마음속의 영원한 파수꾼인 아버지. 아버지는 당신 자신을 모두 불태우고 창백하게 부서져 내렸다. 아버지를 찾아뵙고 술 한 잔 드려야겠다. 그리고 오랜만에 큰 소리로 아버지를 불러보고 싶다.

"아버지요, 말똥이 왔니더!"

4장

이웃집 친구 같은

우리 동네 변호사

서초동 법조타운서
변호사 개업

　사법연수원에 입소하면서부터 나의 길은 변호사 개업으로 정했다. 연수를 받으면서 개업 준비를 차근차근 하나하나 했다. 내 고향 울진군의 각종 모임에 참석하기 시작했다. 중·고 등학교 동문회 및 동창회, 울진군민회, 울진군 북면민회 등에 이름을 올렸다. 대학을 졸업하고, 사법시험을 준비하면서 사회 활동을 전혀 하지 못했다. 1988년에 대학을 졸업했으니 17년 만에 본격적으로 사회활동을 시작한 것이다.

　사법시험에 합격하자 모든 사람들이 축하해 주고 격려해 주 었다. 나에게 연락이 오는 경조사는 가능하면 모두 참가했다. 특히 지역관련 행사에는 빠지지 않고 참석해 인사를 했다. 사 법연수원 연수생으로 받는 봉급 100만 원으로는 어림도 없었다. 사법연수원 연수생이 되니 금융권의 신용대출도 가능했다. 일산에 있는 사법연수원과 서울을 택시를 타고 수시로 오갔다.

2007년 1월 31일, 사법연수원을 수료했다. 2007년 2월 6일에는 대한변호사협회로부터 변호사 등록증서(등록번호 10280)를 받았다. 변호사 사무실은 서울에서 개업하기로 정했다. 서울은 특별한 연고가 없었다. 연고를 따지자면 고향 울진이나 대학을 나온 부산이었다. 부산에서도 대학만 졸업했지 중고등학교를 고향 울진에서 나왔기 때문에 절반만 연고인 셈이다. 어차피 지금까지 바닥에서부터 올라왔는데 변호사라고 다를 것이 없었다. 최대 시장인 서울에서 바닥에서부터 시작하기로 했다. 법률사무소 이름은 의뢰인의 진실한 친구가 되자는 뜻에서 진우(眞友)로 정했다. '법률사무소 진우, 주재현 변호사'. 나의 첫 변호사 명함도 만들었다.

2007년 2월 25일, 서울시 서초동 법조타운에서 아버지와 어머니를 비롯한 친척들과 법조계 선후배, 함께 공부했던 선후배 동료들을 초대해 소박하지만 성대한 개업식을 했다. 1980년대 초까지 변호사는 상위 1%의 특권층이었다. 그 당시 변호사는 매년 100명 이내로 선발하는 사법시험에 합격해 판·검사를 거친 사람이 많아 국회의원과 장·차관, 대기업 임원 등으로

2007년 2월 25일. 서초동 법조타워에서 변호사 사무실을 개업했다.

가는 출세코스를 밟았다. 그런데 사법고시 합격자가 1990년대 500명, 2000년대는 1,000명으로 늘었다.

2001년 사법시험 제43회부터 사법시험 합격자를 1,000명으로 확대했다. 2004년부터는 사법연수원 수료생 1,000명 시대를 개막했다. 다시 말해 1,000명의 변호사가 배출되어 나오기 시작했다. 대한변호사협회 등록번호가 '10280'이라는 얘기는 내가 10280번째 등록변호사라는 것이다.

2012년 로스쿨제도 도입 후에는 매년 1,500명 이상의 변호사가 배출되고 있다. 사법시험은 2017년 말 폐지되었다. 대한변협 등록 변호사 수는 2007년 1만 명을 넘어선 이래 2015년에는 2만 명을 넘었다. 2019년 2월 현재 등록 변호사 수는 2만 5,880명이다.

그야말로 변호사 홍수시대다. 치열한 법조시장 경쟁의 시대가 열렸다. 예전에 변호사 자격증만 있으면 경찰은 경정, 일반 공무원은 사무관급 이상, 공기업은 부장급으로 특채되는 최고의 대우를 받았다. 지금은 경찰은 경위 · 경감급, 행정공무원은 6급으로 몸값이 떨어져도 경쟁이 치열하다. 자격증 하나로 평생 부와 명예가 보장되던 시대는 사라졌다.

대한변협 이사 임명장과 서울지방변호사회 공익활동심사위원장과
서울중앙지방법원 조정위원 위촉장.

시장경쟁이 치열하다보니 수임건당 550만 원이던 기본 수임료가 440만 원, 330만 원으로 내려갔다. 변호사들은 사건을 수임하려면 더 많은 법률 서비스를 제공해야 했다. 변호사도 스트레스를 받기 시작했다. 동료 변호사들의 눈빛을 보면 얼마나 스트레스를 받고 있는지 알 수 있다.

재판 조정절차에 들어가 보면 변화된 변호사들의 모습을 알 수 있다. 변호사들은 사건의 당사자가 되어 사생결단 하듯이 상대편을 공격한다. 물리적 폭력만 휘두르지 않을 뿐이지 사용하는 언어들은 폭력 수준에 가깝다. 그러면 상대편 의뢰인은 가만히 있겠는가? 당연히 사건을 맡긴 변호사에게 왜 맞서 상대하지 않느냐고 추궁한다. 나는 그렇게 상대를 깔아뭉개는 막무가내식의 변론은 하지 않는다. 나는 직접 상대 변호사와 맞서 싸우지 않고 재판장에게 이의 신청을 한다.

"재판장님! 소송 대리인도 윤리가 있고 도덕이 있습니다. 이것은 언어폭력입니다. 당사자 주장을 그대로 전한다는 미명아래 폭력적인 표현은 사용을 자제해야 합니다."

타당한 얘기인 만큼 재판장도 이를 받아들인다.

"원고 대리인의 말씀이 맞습니다. 피고 대리인은 그런 표현을 삼가 주십시오."

법원행정처에 따르면 2003년부터 2013년까지 10년 간 우리나라 법원이 다루는 사건 수는 1만7,000~1만9,000여건에서 큰 변동 없이 유지되고 있다. 시장은 그대로인데, 변호사 수는 늘어나다 보니 변호사 1인당 사건 수임 수는 그만큼 떨어질 수밖에 없다.

서울지방변호사회 집계에 따르면 1990년 변호사 1인당 연간 본안사건 수임 수는 55.7건이었다. 이 수치는 2001년 41.7건, 2012년에는 28건으로 감소했고 2013년에는 24건으로 떨어졌다. 우리나라 변호사가 한 달 평균 2건의 사건을 맡고 있는 셈이다. 2018년 서울지역 변호사 1인당 월 평균 수임건수가 1.2건인 것으로 알려졌다. 일부 변호사는 세무사, 법무사, 부동산 중개업 등 새로운 시장을 찾아 영업범위를 넓히다 기존업계와 갈등을 빚기도 했다. 3년 전 30대 변호사가 공무원 최하위 직급인 9급 시험에 응시해 화제가 되기도 했다.

그러나 일부 변호사는 전관예우로 수임료가 수억 원에 이르는 등 부익부 빈익빈 현상이 뚜렷해졌다. 과거에는 공익성과 윤리성을 지향하다 보니 수임료를 생각하는 변호사는 질타를 받았다. 생존경쟁에 휘말리는 이제는 상인의 개념으로 빠르게 전환한 변호사들이 생존하는 현실이 되었다.

　올해로 변호사 업무를 시작한 지 13년째다. 돌아보면 정말로 많은 사건을 수임했다. 한 달 수임건수가 5~6건은 기본이었다. 많으면 13건까지 맡았다. 그중 20% 정도는 수임료를 받지 않거나 못 받았다. 나는 사건을 수임할 때, 수임료를 생각하지 않았다. 의뢰인이 의뢰한 사건만 보았다. 수임료를 내면 사건을 수임하고, 수임료를 못 낸다고 사건 수임을 거절하지 않았다. 나는 한시라도 의뢰인의 진실한 친구가 되겠다는 초심을 버리지 않고 있다.

　그러다보니 최소 500만 원은 받아야 하는데 300만 원밖에 없는 의뢰인도 있었다. 또 수임료를 한꺼번에 못 주고, 두 번에 나눠주는 의뢰인도 있었다. 의뢰인은 물론이고 나에게도 소송 하나하나가 소중했다. 나를 믿고 맡기면 끝까지 최선을 다해 해결해 주었다. 소송을 진행하다가도 수임료가 입금되지 않으면 사임계를 내는 경우가 다반사다. 나는 수임료가 입금되지 않더라도 의뢰인이 사임계를 내라고 하기 전까지는 절대로 내지 않았다.

변호사 생활이 13년차가 되다보니 서울지방변호사회나 대한변호사협회의 주요 임원을 맡아 활동했다. 사법연수원 36기 동기인 김한규 변호사가 서울지방변호사회 회장에 피선되었을 때, 나는 서울지방변호사회 공익활동심사위원회 위원장을 맡았다. 변호사 교육을 받을 때, 변호사는 공인이라는 교육을 받았다. 공인은 행동이나 언행에 주의하고 조심해야 한다고 배웠다. 변호사가 늘어나면서 변호사 윤리교육은 반드시 해야 한다고 생각한다.

변호사들이 먹고 사는 생존의 문제만 집중하니 공인으로서의 기본적인 윤리와 도덕에 소홀해지기 쉽다. 나는 공익활동심사위원장을 지낸 후, 2015년부터 2년간 대한변호사협회 이사를 지내고 2019년부터는 대한변호사협회 사법평가위원회 위원으로 활동하고 있다.

내 인생 가장
가슴 뭉클한 소송사건

　　요즘 젊은 부부들의 이혼사유는 자신들의 문제보다 시댁이나 처가로 인해 발생한 문제로 이혼하는 경우가 더 많다. 지인의 소개로 아들 부부를 이혼시켜 달라며 찾아온 한 어머니를 만났다. 사건을 수임하다보면 소송비용을 본인이 안 내고, 부모가 부담하는 경우가 종종 있다. 이번 경우도 부산에 살고 있는 어머니가 아들부부를 이혼시켜 달라며 소송비용을 본인이 부담하겠다며 소송을 의뢰했다.

　　먼저 당사자의 의사를 확인하기 위해 아들에게 전화를 걸었다. 어머니가 오셔서 이혼소송을 의뢰했는데 본인도 이혼할 의사가 있느냐 물었다. 아들은 도저히 아내와 못살겠다며 이혼하겠다는 의사를 확실히 밝혔다. 어머니가 대리로 소송계약을 하고 이혼소송을 진행했다. 아들은 중국 유학까지 갔다 왔지만 전공과 맞는 직장을 못 찾다가 판매회사에서 일하고 있었다. 나이 마흔이 넘어 지금의 부인을 만나 결혼하고 딸 둘을 두고 있었다. 결혼할 때, 아들의 어머니가 전세자금으로 5,000만 원을 주어 신혼살림을 시작했다. 아들은 판매회사에 다니면서 월 300만 원 정도를 받아서 생활하고 있었다.

장모는 경기도 용인에 신도시가 들어서면서 아파트 붐이 일 때, 아파트에 투자하고 있었다. 용인에서 대형 아파트 3채를 분양받았으나 돈이 모자랐다. 여기저기 돈을 끌어 모아도 부족하자 사위의 전세자금을 빌리고 처가에서 함께 살자고 하였다. 아들은 장모가 전세금까지 빼가는 바람에 본의 아니게 처가살이를 하는 처지가 되었다.

장모가 빌려간 5,000만 원은 금방 바닥이 났다. 처가살이를 시작한 후 얼마 안 있어 아들은 장모의 구박에 스트레스를 받기 시작했다. 300만 원 남짓한 수입에 대해 무능력을 꼬집으며 아들의 수입관리까지 나섰다. 아내는 유치원 보모로 일하면서 번 돈으로 장모의 이자에 보태고 있었다. 경제적으로 힘들어지면서 아들과 장모의 불화는 깊어갔다. 아들은 한 달 용돈 20만 원으로 버티면서도 집에 들어가는 것이 두려웠다. 술은 먹지

재판 변론을 마치고 나서 서울중앙지방법원 앞에 선 필자.

않지만 집에 들어가는 시간이 점점 늦어졌다. 회사 근처에 고시원을 얻어서 생활했다. 고시원 월세를 주고 남은 돈은 모두 아내에게 보냈다. 그 와중에 투자한 집값이 폭락하면서 장모는 큰 빚을 지게 되었고, 애처가인 아들은 그 빚마저 일부를 떠안게 되었다. 이렇게 사는 것을 본 아들의 엄마는 가만히 있지를 못했다. 사정이 이렇다보니 양가 사돈 간에 폭언이 오갔다.

"아들 전세금 내 놓아라"
"그깟 돈 5,000만 원 가지고 웬 유세냐? 당신 아들이 무능해서 우리 딸이 고생한다."

양가 어른의 진흙탕 싸움에 처남까지 가세해 어머니에게 욕을 했다. 결국 어머니가 분을 참지 못하면서 이혼소송을 의뢰하게 됐다. 어머니가 변호사를 선임하자 처음에는 아내 혼자서 답변서를 내다가 결국에는 변호사를 선임해 이혼소송을 하게 되었다. 이혼소송은 먼저 조정절차를 거치게 되어 있다.

조정절차에 들어갔는데 조정위원은 두 명이고, 담당 판사는 젊은 여자 판사였다. 서로가 이혼하자고 한 만큼, 육아와 재산문제는 쉽게 합의를 봤다. 이혼은 하되 양 당사자는 큰 잘못이 없으니까 위자료는 없는 걸로 한다. 애는 아직 어리니 엄마가 키우는 것으로 한다. 장모가 사용한 전세자금 5,000만 원은 애를 키우는 아내가 3,000만 원, 나머지 2,000만 원은 남편의 소유로 하여 양쪽이 합의했다.

쌍방이 이미 합의하고 서류까지 완성해 이제 조정조서만 남았다. 이혼조정절차는 담당판사가 최종 확인을 하고 조정조서를 쓰면 마무리가 된다. 그래서 조정조서를 쓰려고 하는데 아들이 20분만 시간을 달라고 요청하고는 부인을 데리고 나갔다. 이혼하기 전에 자기들끼리 할 말이 있다는 거였다. 10분이 지나고 20분이 넘어서도 두 사람은 나오지를 않았다.

한참 후에 부부는 폭풍 눈물을 흘리며 서로를 끌어안고 나타났다. 제발 우리 같이 살게 해달라고 이혼을 번복해 달라고 했다. 방금 전까지 이혼에 합의해놓고, 이혼을 안 하겠다니 이런 황당한 일이 있나? 나를 비롯하여 판사와 상대편 변호사, 조정위원 등 모두가 황당해하고 어리둥절했다. 왜 이혼에 합의하고 갑자기 번복하기로 했냐고 물었다. 사실 아들부부는 변함없이 서로 좋아하고 있다는 거였다. 부부의 절절한 울음 섞인 호소에 양측 변호인은 물론 젊은 여성판사까지 눈물을 글썽였다. 그 바람에 재판이 제대로 진행되지 못할 정도였다. 그때 문득 이런 생각이 들었다.

'의뢰인이 이혼소송을 요구해도 그들의 진짜 속마음을 알 수가 없구나. 이들 부부의 옆에서 이혼을 부추기는 사람들만 아니라면 행복하게 살아갈 부부였다. 그것도 모르고 상대에게 이혼 사유가 있다, 더는 같이 못살겠다고 공방을 벌였으니 진짜 부끄럽다.'

내가 판사와 조정위원, 상대측 변호인에게 제안했다.

"이 부부가 이혼을 하지 않겠다고 하니 우리 큰 박수를 쳐 줍시다."

부부는 울다가 다시 환하게 웃었고 조정실에는 우레 같은 박수와 환호가 터졌다. 부부가 이혼을 하지 않겠다고 한 이상, 합의 이혼이 아닌 이혼소송 무효에 대한 조정조서를 써야 하는 상황이 됐다. 연륜이 조금이나마 더 많은 내가 나서야 될 것 같았다. 판사의 이혼소송 무효에 대한 조정서 작성을 도왔다. 내가 먼저 얘기를 꺼냈다. 아들 부부가 이혼소송 재판까지 오게 된 동기는 양쪽 부모들 때문이다. 양쪽 부모로 인해 사달이 났으니 이 내용을 반드시 조정조서에 넣어야 한다.

첫째, 두 사람은 각자의 부모로부터 따로 떨어져서 독립해서 가정을 꾸리고 생활한다.

둘째, 두 사람은 각자의 부모로부터 상대방 배우자를 보호한다.

셋째, 소송은 취하하고 비용은 각자 부담한다.

이렇게 조정조서에 쓰고 날인을 하고 아들 부부는 다시 가정을 지킬 수 있었다. 그날 저녁은 기분이 좋았다. 내 변호사 인생 최고의 소송사건으로 기억될 것 같았다. 이 소송사건을 계기로 나는 변호사도 심리학을 공부해야 한다는 생각을 했다. 의뢰인의 말만 믿고 법리적 판단에 따른 소송을 진행하다보면 의뢰인의 진심과는 다른 판단을 내릴 수 있다는 것을 알게 되었다. 이번 아들부부 이혼소송의 속 내막은 이혼이 아니라 가정을 지키며 살고 싶다는 것이었다.

양측 변호인은 물론, 재판장과 조정위원 모두 몰랐던 것이다. 변호사는 의뢰인이 의뢰한다고 수임료 받고 소송을 진행하다가 승소하고, 패소하고의 문제가 아니라 의뢰인의 진실한 친구가 되어야 한다는 것을 다시 한 번 깨달았다. 법률사무소 진우(眞友), 이름 그대로.

내 인생
가장 가슴 미어진 소송사건

대한민국의 성 산업 규모가 연간 6조6,258억 원에 이른다고 한다. 아침에 모닝커피 한 잔, 회의할 때 커피 한 잔. 우리의 일상에서 빼놓을 수 없는 커피시장은 6조4,041억 원(2017년)이다. 커피 산업이 성매매 산업을 뛰어넘지 못한다니 놀라울 정도다. 2019년 우리나라 연구개발(R&D) 예산은 20조5,000억 원이다. 정부의 1년 R&D 예산의 32%에 가까운 정도로 성 산업 규모가 커졌다는 얘기다.

어느 날 40대로 보이는 남성과 젊은 여성이 사건의뢰를 위해 찾아왔다. 두 사람은 연인관계로 여자 친구인 여성이 성폭행을 당했다고 했다. 여자 친구는 용기를 못 내고 있었는데, 남자 친구가 성폭행한 남자들을 처벌해야 한다며 고소를 하기 위해 왔다고 했다. 사건의 전말을 들어 보았다. 여성은 노래방 도우미로 일하고 있었다. 한 노래방에 갔더니 남자 4명이 있었다. 여자는 자신과 또 다른 도우미 여성 1명이었다. 여느 노래방과 다를 것 없이 같이 술 마시고, 노래 부르고 놀았다. 남자 2명은 늦었다며 가버리고, 여자 도우미 1명도 시간이 되었다며 가버렸다. 이제 남자 2명, 여자 1명 이렇게 셋만 남았다. 그때부터 술을 마시면서 옷 벗기 게임 등 다소 야한게임도 했다. 여자는 남자들과 주거니 받거니 술을 마시다 보니 너무 많은 술을 마셨다. 취기가 올라와 자신도 모르게 잠이 들었다. 그 사이 남자 2명으로부터 성폭행 당했다는 것이었다.

변호사 사무실로 오기 전에 병원에 들러 성적피해 관련 검사도 마친 상태였다. 요즘 성적 피해 관련 검사는 어느 병원이든 의무적으로 하도록 되어 있다. 여자는 남자친구와 함께 병원에 가서 증거보전을 해 놓은 상태였다. 그런데 막상 고소를 하려니 너무 창피스러웠다. 그렇다고 고소를 하지 않으려니 너무 화가 나고 분해서 며칠을 고민하다가 왔다고 했다.

여자의 의뢰에 따라 남자 2명을 '성폭력범죄의 처벌 등에 관한 특례법'의 특수강간죄로 고소했다. 집단 강간으로 고소하면 성관계를 갖지 않아도 같은 처벌을 받게 되어 있다. 남자 2명은

40대 초중반으로 평범한 직장인이었다. 한 사람은 멀쩡한 직업을 갖고 있었고, 한 사람은 가정을 꾸리고 애기도 있었다. 남자 2명은 여자의 동의 아래 관계를 맺었다고 주장했다. 문제는 노래방 도우미에게 봉사료를 지급하면 무엇을 하든 마음대로 할 수 있다는 그들의 사고였다. 인격체로서의 한 여성이 아니라 성적 소비대상으로만 본다는 거였다.

1심 재판에서 노래방 주인과 같이 술을 먹었던 2명의 남자도 증인으로 불러 진술을 들었다. 노래방의 구조와 위치 등을 살펴보는 현장 증거조사도 실시했다. 노래방 주인은 외부에서도 안을 어느 정도 볼 수 있는 구조인데 여자가 반항하는 모습은 전혀 없었다고 진술했다.

남자 4명은 모두 40대로 친구들 사이였다. 새벽이 될 때까지 집에도 들어가지 않고 술을 마셨다. 함께 있었던 남자 1명은 자신은 화장실에 다녀와서 모르는 일이라고 주장했다. 1심 재판 결과, 직접적 관계를 가진 남자 1명은 징역 5년을 받았다. 자신은 여자와 관계를 갖지 않았다고 주장하는 다른 남자 1명은 징역 3년 실형을 받았다. 결국은 둘 다 실형을 받아 구속수감 됐다. 그런데 남자 2명은 모두 항소를 했다.

서울중앙지방검찰청 앞에 선 필자.

2심 항소심 끝날 무렵에 재판장에게 발언권을 요청했다. 나는 피해자의 대리인으로서 재판에 참여할 수 있었다. 40대 남자들의 술 마시고 노는 행태를 그냥 보고 넘길 수 없었다. 40대라면 직장에서는 핵심 중간 관리자로, 가정에서는 학부모로서 우리나라의 중추적인 역할을 하는 연령대이다. 고정희 시인은 40대를 쭉정이든 알곡이든 제 몸에서 스스로 추수하는 시기라고 했다. 한마디 하지 않을 수 없었다.

　"피해자의 대리인 주재현 변호사입니다. 지금 피고인들은 자신의 죄에 대해 부인하려고 안간힘을 쓰고 있습니다. 죄의 유무를 떠나서 한 말씀 드리고자 합니다. 죄가 있든 없든, 여자가 동의를 했든 하지 않았든 피고인들의 형태를 보십시오. 새벽 3~4시까지 집에 들어가지 않고 여자 도우미를 불러 놓고 술 먹기 게임, 옷 벗기기 게임을 한다는 게 상식적으로 이해가 되는 일입니까? 피고인 한 사람은 가정도 있고 서너 살의 애기도 있는 한 가정의 가장입니다. 다른 피고인은 번듯한 회사의 직장인인데 친구들과 같이 앉아서 박수치고 논다는 게 제 상식으로 이해가 되지 않습니다. 피고인들은 40대 중반으로 가정과 직장은 물론이고 우리나라를 짊어지고 가야할 중추세대입니다. 노래방 도우미 여성을 봉사료를 지급했다고 자신의 마음대로 해도 된다는 이런 사고로 어떻게 가장으로서, 직장의 중간관리자로서 우리나라의 중추세대 역할을 할 수 있겠습니까?"

　피고인들은 40대로서 가져야 할 국가관과 가족에 대한 책임감이 너무 결여되어 있다고 강조했다. 특히 앞장서서 보호해야 할 사회적 약자와 여성에 대해선 너무나 천박한 사고를 갖고 있다고 훈계조로 얘기했다. 나도 모르게 목소리 톤이 올라가고 열을 내가면서 20여분 얘기했다. 내 말이 끝나자 재판장은 미소를 띠셨다. 자신이 하고 싶은 말을 대신해 주었다는 의미 같았다. 사실 이런 말은 검사가 해야 하는데 검사는 하지 않았다.

　내가 얘기할 때, 피고인 변호인들은 고개를 돌리고 있었다. 2심 선고 결과, 1심에서 5년 실형을 받았던 남자는 3년으로 2년 감형되었다. 1심에서 3년 실형을 받았던 남자 1명은 2심에서도 그대로 3년 실형의 선고가 내려졌다. 2심이 한창 진행 중일 때, 가정이 있는 남자의 아내가 사무실로 찾아왔다.

　"애기 아빠 좀 살려 달라"며 피해여성과 합의를 해달라고 통사정을 하였다. 그 모습은 차마 눈뜨고 못 볼 정도로 불쌍하고 처연했다. 오히려 나는 "무슨 소리냐. 천민적 사고방식을 갖고 있는 남편과 이혼하고 애들 데리고 살아갈 방법을 강구하라"고 말했다. 남자의 아내는 애기 아빠는 성실했다며 피해자와 합의

를 부탁했다. 그래서 합의할 돈은 있냐고 물으니 지금 가진 돈
은 없다고 했다. 친정에서 빌리고 해서 어떻게든 1,000만 원을
구해오겠다고 했다.

피해여성의 상처는 매우 깊었다. 합의금 200~300만 원
준다고 합의할 사람이 아니었다. 제대로 합의금을 받는다면
5,000만 원 정도인데 최소 3,000만 원 이상이면 합의를 가능
할 것 같았다. 피해 여성에게 얘기했더니 "돈은 필요 없으니 합
의는 없다"고 펄쩍 뛰었다.

양쪽을 중재하여 합의를 이끌어 내는 것은 쉽지 않았다. 남
자의 아내를 생각하면 불쌍하고, 피해여성을 생각하면 돈 몇
푼에 자신의 상처를 덮는 것이라 차마 자꾸 권할 수도 없었다.
피해자의 감정을 건드리면 안 되고, 남자의 아내는 돈이 없으
니 합의중재가 진척이 되지 않았다. 남자의 아내가 어떻게 마
련했는지 두 번에 걸쳐서 1,500만 원을 만들어 왔다. 남자의
아내가 불쌍해 보기 민망할 정도였다. 피해 여성을 조용히 만
나 남자의 아내 사정을 설명했다.

"만약 당신이 결혼하여 살다가 남편도 지키고, 가정도 지켜
야 하는 처지라면 어떻게 하겠는가? 망가진 가정을 지켜내려

고 몸부림치는 아내의 입장을 한번쯤 생각해 줄 수 없겠느냐?"

피해여성은 "내가 왜 그 집 가정까지 생각해야 되죠"라며 강경했다. 같이 온 남자친구는 가만히 듣고 있을 뿐, 반대를 하지 않았다. 남자 친구에게 변호사로서 내 의견은 이러하니 둘이서 잘 의논해보라고 얘기했다. 다음날 피해 여성에게서 연락이 왔다. 1,500만 원에 합의서를 작성하고 재판부에 넣었다.

그래서 남자의 형량은 2년 줄은 3년으로 선고되었다. 2심 끝나고 피고 측은 대법원에 상고했다. 상고심은 기각되었다. 상고심 끝나고 한 달인가 지난 뒤, 남자의 아내는 스스로 목숨을 버렸다는 소식을 들었다. 남자의 아내는 너무 착한 여자라는 생각이 들었다. 우리가 보기엔 파렴치한 남편이었지만 남자의 아내에게는 너무나 소중한 남편이자 애기 아빠이고 가장이었다.

몇 년이 지났지만 아직도 내 머리 속을 떠나지 않는다. 아직 우리 사회는 너무 착하면 살아가기 힘든 사회다. 그래서 나와 같은 법조인들은 의뢰인의 마음까지 어루만져 주는 최후의 보루가 되어야 한다는 생각이다. 내 인생에서 가장 가슴 미어지는 소송사건으로 남아 있다.

주례는 나의 '소확행'

결혼은 인생 최대의 축복이자 신이 우리 인간에게 주는 가장 큰 선물이다. 그 선물은 영원하고 아름다운 것이다. 사랑하는 남녀 두 사람이 가장 행복한 순간인 결혼식에서 가장 힘찬 응원의 메시지를 전하는 이는 누구일까? 아버지일까? 어머니일까? 아니면 친구들일까?

아버지도 아니고 어머니도 아니고 친구들도 아니다. 결혼예식을 맡아 주장하여 진행하는 주례다. 주례는 주례사를 통해 새 출발을 하는 젊은 부부에게 가장 힘 있고 아름다운 덕담을 주기 때문이다.

주례는 결혼식에서 신랑 신부와 부모 외에 가장 중요한 인물이다. 주례에 따라 식장 분위기가 좌우되기도 하지만 무엇보다 하객 앞에 둘의 결혼을 선포하고 예식 뒤엔 두고두고 후원자가 되기도 하는 까닭이다. 변호사 활동을 하면서 이런저런 지인의 부탁으로 수년 전부터 한 해에 두세 번씩 주례를 서고 있다. 심사숙고 끝에 정중하게 하는 부탁을 거절하기 어렵기 때문이기도 하다.

내가 첫 주례를 본 사람은 친구 종률이의 딸이다. 종률이는 내 인생에서 빼놓을 수 없는 친구다. 수년 동안 전국을 함께 돌며 동문수학했던 친구이다. 친구는 공기 좋고 물 좋고 시설 괜찮은 공부하기 안성맞춤인 고시원을 잘도 찾아냈다. 친구가 고시원을 옮기면 나는 항상 뒤따라갔다. 충남대 법대를 졸업한 친구는 넉살도 좋고 술도 잘 마셔 나와는 죽이 착착 맞았다. 종률이와 나는 항상 한 세트로 붙어 다녔다.

내가 대구 덕실마을에서 공부할 때, 종률이 아내는 생후 2개월 된 딸을 데리고 왔었다. 그 딸이 장성하여 결혼한다고 주례를 부탁하는데 거절할 수 없었다. 흉허물 없는 친구가 부족하기 짝이 없는 나를 자기의 가장 사랑하는 자녀의 주례로 선정했다는 것은 열심히 살아온 것을 인정하기 때문이다. 오히려 내가 더 고맙고 감격스러울 뿐이다.

나는 주례사를 할 때, 양가 부모에게 당부하는 말이 있다. 부모는 자식들 인생에 절대 간섭하지 말라는 것이다. 살다보면 좋을 때도 있고, 나쁠 때도 있으니 스스로 극복할 수 있도록 지켜봐 주면 된다. 젊어서 사랑하고 싸움하고 화해하는 이런 과정은 삶의 일부분이다.

부모가 자식들 뒤에서 지켜보기만 해도 스스로 문제를 해결해 간다. 부모가 자식의 결혼생활에 간섭하기 시작하면 양 사돈 간 욕하고 치고 박는 사건이 일어난다. 간섭하기 시작하면 결국은 자식들 인생을 망치는 결과를 초래하게 된다.

또 하나 강조하는 말은 작지만 확실한 행복을 추구하라는 소확행이다. 작은 행복이 하나, 둘 모여 큰 행복을 가져 오고 행복한 가정이 이루어지기 때문이다. 삶에서 가장 중요한 건 행복이라고 자신 있게 말할 수 있다. 그것도 자기 주위에서 쉽게 발견할 수 있는 작은 즐거움을 통해 찾는 행복만큼 큰 것은 없다.

나는 주례를 할 때마다 네 번 설렌다. 첫째는 결혼식의 주인공인 신랑과 신부가 입장하여 나란히 내 앞에 서면 침 넘어가는 소리가 들릴 만큼 설렌다. 둘째는 신랑과 신부 생애 최고의 아름다운 모습을 보면서 가슴이 설렌다. 셋째는 신랑과 신부가 살짝 상기된 표정으로 주례를 쳐다보는 눈을 볼 때 설렌다. 넷째는 결혼식장을 가득 메운 하객의 수많은 눈동자를 볼 때 설렌다.

우리 인생의 최고 대사인 결혼식은 황홀한 의식이다. 그 의식의 총주관자로서의 주례는 그래서 가슴 벅찬 자리이다. 그 역할을 담당한다는 사실에 감사하고 감격할 뿐이다. 신랑과 신부처럼 다시 나이가 젊어지는 것 같아 행복이 철철 넘치는 찬란한 삶을 꿈꾸게 된다. 그들에게 해 주는 한 마디 한 마디는 곧 나에게 하는 충고이자 다짐이다. 그래서 주례는 나의 소확행이다.

[주례사]

방금 주례를 할 사람으로 소개 받은 변호사 주재현입니다.
제가 이 영광스러운 자리에 초대받은 것은 신부 김금연 양과의 아주 특별한
인연이 있기 때문입니다.

28년 전 어느 겨울 날 매서운 눈보라를 뚫고, 첫돌도 채 되지 아니한 금연 양
이 강보에 싸인 채, 저기 계신 신부 어머니 박경희 님의 품에 안겨, 팔공산 자락
에서 수행하고 있던 우리들 곁으로 왔습니다. 여기서 '우리들'이란 신부 아버
지와 저를 비롯한 이 자리에 계신 사법고시를 위해 동문수학하던 몇 몇 분들
을 말합니다.

사실은 금연 양이 가을에 결혼을 할 것으로 믿고 제가 주례사를 "가을의 향기
는 사랑을 실어 오고 가을바람에 실려 온 사랑은 오늘 이 아름다운 한 가정을
탄생 시켰습니다"라고 준비를 해 놓았는데, 하는 수 없이 "뜨거운 태양과 열기
가득한 여름의 한 가운데에서, 더 뜨거운 사랑의 결실을 맺게 된 두 사람을 축
복합니다"로 바꾸었습니다.
서두가 조금 길었습니다마는, 오늘 이 자리를 축하해 주기 위해 멀리서 또는
가까이에서 참석해 주신 양가 친지들에게 감사의 말씀 드립니다.

먼저 신랑 신부에게 물어보겠습니다.
신랑 이성민 군, 신부 김금연 양은 각자 어머니 배속에서 열 달 동안 세 들어
살고도 한 달 치 방세도 낸 사실이 없지요? 몇 년 씩 어머니에게서 따뜻한 우
유를 받아 마시고도 한 푼의 우윳값을 내 사실 또한 없지요?

앞으로 두 사람은 다음 달부터 양가 부모님에게 매월 5만 원씩의 용돈을 드리고 내년부터는 매달 10만 원씩 용돈을 드릴 것이며, 그 다음 해부터는 20만 원씩, 또 그 다음부터 해가 바뀔 때마다 두 배인 40만 원, 80만 원, 160만 원, 320만 원의 생활비를 드릴 것을 약속합니까? 본 주례가 내는 돈이 아니라서 좀 크게 썼습니다(신부가 "오빠 안 된다고 그래, 너무 많아"라고 얘기하는 소리를 여기 있는 저만 들었습니다).

그렇습니다. 본 주례가 이와 같이 얘기하는 이유는 두 사람이 앞으로 평생을 살아가면서 부모님에게 어떻게 하여야 하는가를 일깨워 주기 위함입니다. 두 사람은 그 의미를 잘 알아들었을 것이라 믿습니다.

본 주례가 오늘 두 사람에게 부탁하는 것은 세 가지입니다.

첫째는 서로 간에 존중하며 평생을 살아가라는 것입니다. 아무리 화가 나도 서로 간에 상처가 되는 말을 해서는 안 됩니다. 화가 난다고 아무렇게나 내뱉은 말은 가시가 되어 상대방을 찌르고 결국은 자신에게도 상처가 되어 돌아오게 마련인 것입니다.

둘째는 감사하며 살아가야 할 것입니다. 감사할 줄 모른 사람은 얻을 수도 없습니다. 작은 것이라도 감사할 줄 알고 남을 배려하는 마음을 가지고 살면 결국 다른 사람으로부터도 인정을 받고 원만한 가정생활, 사회생활을 할 수 있다고 할 것입니다. 요즘음 유행하는 말로 '소확행'이라는 말이 있습니다. 이는 덴마크 사람들이 말하는 '휘게'라는 말과 같은 뜻으로 '작지만 확실한 행복'이라는 말이라고 합니다. 작은 행복이 하나, 둘 모여서 큰 행복을 가져 오고 이어

친구 종률이 딸 금연 양의 결혼식 당시 주례를 본 필자

서 행복한 가정이 이루어진다는 것을 명심하여야 할 것입니다.

셋째는 헛된 욕심을 가져서는 아니 될 것입니다. 능력껏 일하고 일한 만큼 얻는 것이 바람직하지요. 이러한 일례가 있습니다. 아프리카 원주민은 원숭이를 잡기 위하여 나무 밑동에 손이 간신히 들어갈 정도의 작은 구멍을 파고 그 속에 땅콩, 밤 따위를 넣어 둔다고 합니다. 그러면 냄새를 맡은 원숭이는 슬그머니 다가가서 구멍 속에 손을 쑥 집어넣고는 그 속에 들어 있는 먹을거리를 한 움큼 쥐고는 구멍에서 손을 빼내려고 안간 힘을 쓰지만 손이 빠질 리가 없지요. 음식을 포기하면 쉽게 손을 빼낼 수 있음에도 욕심 많은 원숭이는 그걸 포기할 리 없지요. 결국은 인간에게 잡혀 먹히게 맙니다. 움켜 쥘 줄만 알고 펼 줄 몰라 자기 욕심의 희생양이 되는 어리석은 사람이 되어서는 아니 되겠지요.

내가 인정받고 싶으면 먼저 남을 배려하는 마음이 있어야 하고 내가 행복 하고 싶으면 남의 불행을 가슴 아파하고 남의 고통을 어루만져 줄 줄 아는 사람이 되어야 하겠습니다. 한 방울의 물이 고여서 강을 이루고 한 줄기 바람이 뭉쳐서 세찬 폭풍우가 되듯이 하나가 모여 둘이 되고 둘이 합쳐서 '우리'라는 아름다운 공동체인 한 가정이 만들어 집니다. 처음 만나는 것은 '하늘'이 맺어주는 인연인 것이고, 그 다음부터는 사람이 만들어가는 인연인 것입니다.

주례사가 길어지면 모두 지루할 것 같아서 길게 하지 않겠습니다. 이 시간 이후 두 사람은 본 주례의 말을 명심하여 가슴에 새기길 바랍니다.

마지막으로 양가 부모에게 부탁하고 싶은 말은 이제 한 가정을 이루어 살아나갈 자식은 내 품안에 있는 자식이 아니라는 것을 명심하시고 사소한 다툼이나 의견 차이가 있더라도 자기 자식의 편을 들어서 간섭하지 말라는 것입니다. 제가 변호사로서 젊은 부부의 이혼 재판을 여러 건 담당한 사실이 있습니다. 대부분은 사소한 의견 차이에서 시작된 것이지만 결국은 양가 집안이 자식의 결혼생활에 간섭하기 시작하고 급기야 사돈끼리 욕하고 치고 박는 사건이 일어납니다. 결혼생활에 일일이 간섭하기 시작하면 결국은 자식들의 인생을 망치는 결과가 되는 것이니 이 점 명심하시기 바랍니다.

신랑 이성민군, 신부 김금연 양, 지금까지 주례의 말을 듣고 이해하였지요? 좋습니다. 신랑, 신부의 예라는 대답을 끝으로 본 주례사를 모두 마치겠습니다.
감사합니다.

(* 이 주례사는 종률이 친구의 딸 김금연 양의 결혼식 때, 내가 한 주례사이다.)

1,000원의 사랑으로
하루가 행복

    몇 년 전부터 나는 지갑에 1,000원짜리를 10장 가량 넣고 다닌다. 택시를 타고 다닐 때 사용하기 위해서다. 나는 장거리가 아니면 택시를 많이 이용한다. 택시를 탔다가 내릴 때마다 나는 고맙다는 인사와 함께 요금에 1,000원을 더 얹어준다.

    "기사님! 고맙습니다. 커피 한잔 드십시오."

    받는 택시기사도 기분 좋게 화답해 주신다.

    "사장님! 감사합니다. 대박 나십시오.", "사장님! 오늘 좋은 일이 생기실 겁니다."

감사의 인사를 하고, 다시 감사의 인사를 받으면 하루가 행복하다. 마음도 상쾌하고 발걸음도 가볍다. 1,000원으로 삶의 최고 에너지를 충전하는 셈이다.

신용카드로 요금을 낼 때는 지갑에서 1,000원 짜리 1장을 별도로 드린다. 현금으로 낼 때도 거스름돈은 돌려받고, 별도로 1,000원을 드린다. 어떤 사람에게는 1,000원이 큰돈이 아닐 수 있다. 요즘 1,000원 짜리는 지나가는 개도 물고 가지 않는다고 하지 않은가? 요즘 1,000원으로 살 수 있는 것이 거의 없다. 심지어 껌조차도 1,000원으로는 살 수 없다. 그 정도로 가치가 떨어진 1,000원이라는 작은 돈으로 택시기사에게서 듣는 기분 좋은 축하의 말은 빈말이 아니라 진심이라고 느껴진다. 몇 백 원 남은 잔돈도 '그냥 놔두세요'라고 하면 진심으로 고마워한다.

1,000원의 행복을 누리게 된 데는 짧은 거리를 택시를 타고 이동하면서부터다. 모든 택시기사들이 그런 것은 아니지만 단거리를 가면 짜증을 내는 경우가 많았다. 영업도 잘 안되는데 택시를 타고 단거리를 간다고 하면 짜증이 날만도 하다. 그렇다고 같이 짜증을 낼 수도 없는 상황이다.

사실은 좀 미안하기도 해서 시작한 것이 1,000원의 사랑 나누기다. 처음에는 택시기사들이 다소 의아하게 생각했다. 경제 상황이 어려워지면서 돈 더 얹어주는 사람은 거의 없다. 오히려 요금이 더 나왔다고 다투는데 1,000원을 더 얹어주다 보니 택시기사들이 좋아하고 고마워했다. 1,000원의 사랑이 행복한 이유는 작은 사랑도 함께 나누기 때문이다. 사랑을 원래 독점이 아닌 나눌 때, 함께 할 때 사랑의 힘이 위대한 것이다. 가진 것이 많아서 나누는 게 아니라, 행복은 나눌수록 커지기 때문이다.

1,000원의 사랑으로 얻는 삶의 에너지는 굉장하다. 받는 사람인 택시기사도 행복하지만 주는 내가 얻는 행복에너지는 엄청나다. 택시에서 내리는 데 기사가 아무 말도 하지 않든가 아니면 빨리 가려고만 하는 것보다 "안녕히 가십시오. 사장님!" "고맙습니다. 사장님!" "오늘 대박나세요. 감사합니다!" 이런 큰소리의 인사를 받고 내렸을 때의 하루는 천양지차(天壤之差)다. 그것은 하루 일과에 지장을 미치기도 한다.

내릴 때 기분 좋은 감사의 인사를 듣고 오는 날은 기분 나쁜 일이 있어도 화를 덜 내고, 짜증도 덜 내게 된다. 그렇지 않는 날은 작은 일에도 민감해지고 짜증을 내기도 한다. 4~5년 전부터 소액기부 활동을 하면서 사람의 기분 차이에 따라 얼마나 사람이 달라지는 지 직접 체험했다. 나는 자취할 때나 고시원에서 사법시험 공부를 할 때, 항상 다른 사람보다 일찍 일어나 마당을 쓸고 청소를 했다. 마당 쓸다가 50원, 100원 짜리 동전도 주우면 주인을 찾아주었다. 찾지 못하면 사랑의 모금함이나 불우이웃돕기 모금함에 넣었다. 돈 욕심도 없고 딱히 사먹고 싶은 것도 없어 군것질 할 줄도 몰랐다. 나는 요즘 1,000원의 행복에 푹 빠져 하루하루가 즐겁다.

에필로그

아버지는 모든 아들의 그리움이다.
아들은 모든 아버지의 청춘이고 희망이다.

나의 삶에서 한평생 지울 수 없는
영원히 지워지지 않는 이름도 바로 아버지다.

아버지의 뒷모습을 볼 때
아버지의 굽은 등이야말로
아버지의 사랑이 가득한 나의 처음이자 마지막 고향이다.

나는 세상살이가 힘들고 지칠 때마다
아버지의 등에 기대어 휴식을 취하고 싶었다.
그러면 오뚝이처럼 다시 일어서는 에너지를 얻을 것 같았다.

아버지요, 말똥이 왔니더

초판 1쇄 인쇄 2019년 12월 2일
초판 1쇄 발행 2019년 12월 6일

지은이 주재현
펴낸이 정재학
펴낸곳 퍼블리터
등록 2006년 5월 8일(제2014-000181호)
주소 경기도 고양시 일산동구 정발산로 24(장항동 868) 웨스턴타워 T3 508호
대표전화 (031)967-3267
팩스 (031)990-6707
이메일 publiter@naver.com
홈페이지 www.publiter.co.kr
페이스북 www.facebook.com/publiter1
기획 곽경덕
편집 임성준
마케팅 신상준
디자인 design NIRVANA
인쇄 및 제본 천광인쇄

가격 20,000원
ISBN 979-11-96827-0-0 03810

ⓒ 2019 주재현